徐文秀 著

方步吟

GUANGXI NORMAL UNIVERSITY PRESS
广西师范大学出版社
·桂林·

方步吟

FANG BU YIN

图书在版编目（CIP）数据

方步吟 / 徐文秀著. -- 桂林 ：广西师范大学出版社，2025. 4. -- ISBN 978-7-5598-7957-8

Ⅰ. I267.1

中国国家版本馆 CIP 数据核字第 2025879SJ9 号

责任编辑 韦兰琴

助理编辑 卢琳桢

封面设计 秦 勇

责任技编 石玉珏

广西师范大学出版社出版发行

（广西桂林市五里店路 9 号 邮政编码：541004
网址：http://www.bbtpress.com）

出版人：黄轩庄

服务电话：0771-2092860

全国新华书店经销

广西广大印务有限责任公司印刷

（桂林市临桂区秧塘工业园西城大道北侧广西师范大学出版社集团有限公司创意产业园内 邮政编码：541199）

开本：880 mm × 1 240 mm 1/32

印张：8.75 插页：2 字数：180 千

2025 年 4 月第 1 版 2025 年 4 月第 1 次印刷

定价：85.00 元

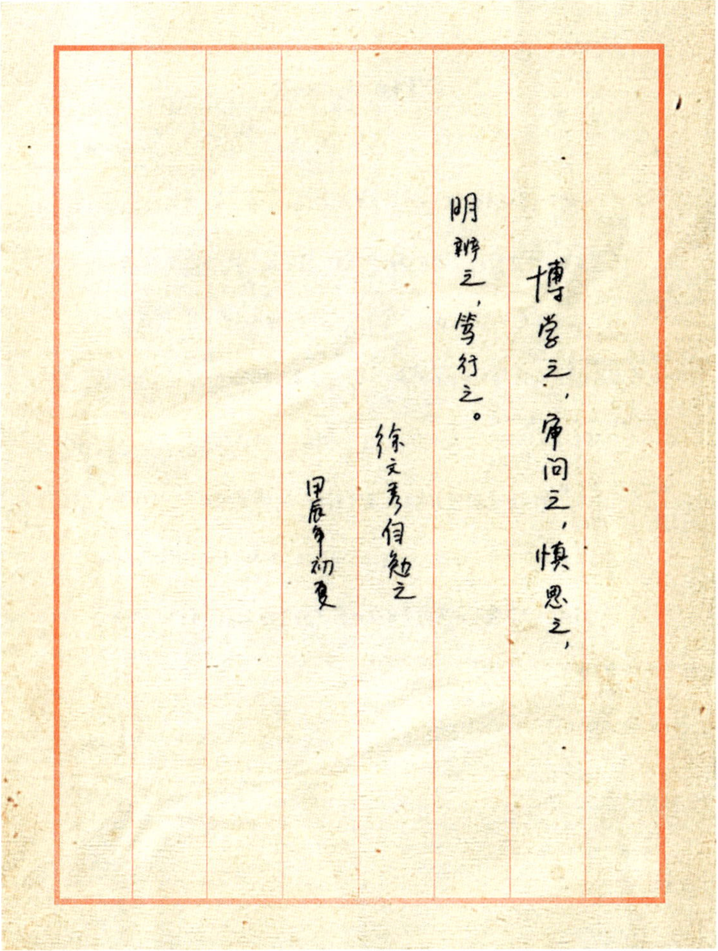

博学之，审问之，慎思之，
明辨之，笃行之。
徐文秀自勉之
甲辰年初夏

作者手迹

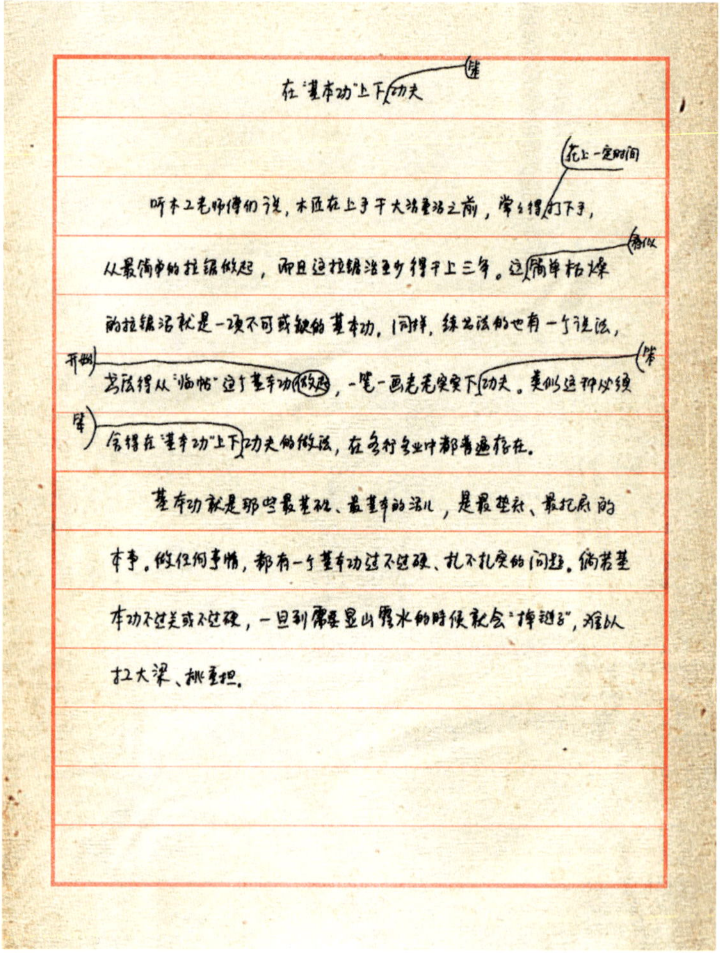

在"基本功"上下笨功夫

听木工老师傅们说，木匠在上手干大活重活之前，常常得花上一定时间打下手，从最简单的拉锯做起，而且这拉锯活至少得干上三年。这看似简单枯燥的拉锯活就是一项不可或缺的基本功。同样，练书法的也有一个说法，书法得从"临帖"这个基本功开始，一笔一画老老实实下笨功夫。类似这种必须舍得在"基本功"上下笨功夫的做法，在各行各业中都普遍存在。

基本功就是那些最基础、最基本的活儿，是最垫底、最托底的本事。做任何事情，都有一个基本功过不过硬、扎不扎实的问题。倘若基本功不过关或不过硬，一旦到需要显山露水的时候就会"掉链子"，难以扛大梁、挑重担。

作者手迹

目录

第一辑

第二辑

第三辑

第一辑

这一辑收录的13篇文章，系2021年在《人民日报》《学习时报》《新华每日电讯》等上发表的时评言论。其中4篇文章刊登于《人民日报》，2篇文章被《人民日报》客户端转载。

领导干部要习惯『被批评』

（原载《学习时报》

二〇二一年六月七日）

随着政治生态越来越清朗，人们普遍感到，现在一些地方和单位，同志之间的批评越来越常见了，“辣味”也多了起来。这应该是一种好现象。对此，一些干部从不适应到开始适应，从不习惯到逐渐习惯，但也有不少干部“被批评”后浑身不自在、不舒服，感到无所适从、不习惯，甚至还耿耿于怀、心生芥蒂。

人有各种各样的习惯，“习惯之于灵魂犹如血管与脉络之于血液，是它流动的道路”。习惯是经过日积月累而逐渐适应的一种态度和方式。人之习惯有好有坏，喜欢听好话、表扬的话乃至恭维的话，而不乐意听刺耳的话、批评的声音，是人之常情和人的本能，也是人的一种坏习惯。现实中，有的人一旦听到人家批评自己就嗷嗷叫，屁股坐不住、脸上挂不住、心里憋不住，一副老虎屁股摸不得的样子；有的人对批评的话习惯左边耳朵进、右边耳朵出，只是当耳旁风；有的人对批评极为抵触和反感，觉得是跟自己过不去，是恶心自己，搞打击报复，一副拒绝、排斥的态度，甚至原本的红脸变成了翻脸，恼羞成怒，翻脸不认人；等等。

习惯“被批评”，就是习惯不舒服。曾几何时，当干部是件很舒服很风光的事，经常被抬着、哄着和捧着，到处是鲜花和掌声，这也使得一些干部自觉不自觉地养成了飘飘然、昏昏然而且自我感觉好的毛病。而批评却是直指他人身上的毛病、缺点和问题，是在“找碴儿”，客观上会让人尴尬难堪，甚至“出丑”，下不了台，接受和适应这种“被批评”无疑是难受的、不容易的。人都爱面子，在意自己的形象和口碑，对批评本能地抵触和逆反，“被批评”时不舒服是正常的。但是，“因为我们是为人民服务的，所以，我们如果有缺点，就不怕别人批评指出”。特别是，我们不舒服一点、不自在一点，老百姓的舒适度就好一点、满意度就高一点，对我们的感觉就好一点。既然我们的一切奋斗在于让老百姓满意和高兴，那么用我们的不舒服去换老百姓的舒服、用我们的不自在去换老百姓的满意，何乐而不为呢？有了这种宁可自己不舒服也不让群众不舒服的胸襟、宁可自己不自在也不让群众不满意的气度，“被批评”时也就泰然处之了。

习惯“被批评”，就是习惯被监督。“君子不镜于水，而镜于人。”人是需要监督的，而批评则是“镜于人”，是最好的监督，有了这种监督，则会“战战兢兢，如临深渊，如履薄冰”。听不到奉承是一种幸运，听不到批评却是一种危险。现实表明，批评你的人是你今天的“敌人”，却是你明天的朋友；吹捧你的人是你今天的“朋友”，却是你明天的敌人。这些年，一些落马官员在忏悔中都谈道，自己的问题如果当初有人大喝一声、猛击一掌，甚至“咬耳朵”时能把“耳朵”都咬下来，或许会让自己警醒起来，也可能不会越滑越远。那些成功者也说，自己一路走来，表扬过自己的人都不记得了，而批评过自己的人却感念在心、记忆犹新。人如果没有批评和自我批评，那样就不能进步。批评是正常的血液循环，没有它就不免有停滞和生病的现象。揭短不可怕，护短才危险。正确认识批评，充分看到批评带来的好处，则会乐于、甘于和习惯于“被批评”了。

有一个清醒的头脑比有一个聪明的头脑更重要；有一种良好的习惯比有一种熟悉的技能更有用。“对批评和自我批评这个武器，我们要大胆使用、经常使用、用够用好，使之成为一种习惯、一种自觉、一种责任，使这个武器越用越灵、越用越有效果。”

崇尚严于律己的品德

（原载《人民日报》

二〇二一年六月十八日）

国无德不兴，人无德不立。一个人的品德，刻印于做人做事的细节，彰显于具体而微的点滴，关乎精神气质、格局境界。

习近平总书记在青海考察时指出：“要崇尚严于律己的品德，广大党员、干部要慎微慎独，清清白白做人、干干净净做事，努力做一个高尚的人、一个纯粹的人、一个有道德的人、一个脱离了低级趣味的人、一个有益于人民的人。”殷殷嘱托、切切期望，给人以深刻思考。

保持清醒和自觉，时刻严格约束自己，是一种高尚素养与修为。“吾日三省吾身”“君子求诸己，小人求诸人”“律己则寡过，绳人则寡合”……古往今来，严于律己、以高标准要求自我，成为无数仁人志士的追求。对于广大党员、干部来说，“修己以安人”尤为重要。正所谓：“不能正其身，如正人何？”

严于律己，“严”的是政治品质、纪律规矩，“律”的是思想操守、道德修养。1954年，有人请毛泽东同志推荐柳直荀烈士遗孀李淑一去文史馆当馆员。他严格按规章制度办事，考虑到“文史馆资格颇严”，作出了“未便再荐”的决定，最终以自己的稿费相助。周恩来同志有一次去北戴河，让身边工作人员给图书馆打电话借阅世界地图和相关图书，被告知不能外借，他便冒雨去到图书馆阅览室查看资料，还称赞图书管理员：没有章程制度办不好事。党史上的故事，展现了老一辈无产阶级革命家严于律己、宽以待人的崇高德行风范。今天，广大党员干部更应深刻认识到严于律己须手握戒尺、加强自律，让“严”的品质真正内化于心、外化于行。

严于律己，就要心存敬畏、行有所止。历史上，东汉杨震面对故人贿赂和“暮夜无知者”的说辞，留下了“四知拒金”的美谈。对权力存有畏惧之心，增强“如临深渊，如履薄冰”的自觉，牢记责任重于泰山，才能丝毫不敢懈怠、丝毫不敢马虎，夙夜在公、勤勉奉献。慎终如始，时刻自重自省自警自励，做到慎独慎初慎微慎友，才能清清白白做人、干干净净做事、堂堂正正做官。“胜人者有力，自胜者强。”罗阳、邹碧华、廖俊波、黄大年……新时代一个个闪亮的名字，皆可谓“自胜者”的典范。一个人越是在无人监督之时，越要谨慎从事、自我完善，胸怀强烈的使命感和责任感，保持奋发有为、开拓进取的精神状态。

严于律己，就要知行合一、表里如一，让严与实成为人生厚重的底色。习近平总书记多次强调，领导干部要严以修身、严以用权、严以律己，谋事要实、创业要实、做人要实。这些要求是共产党人最基本的政治品格和做人准则，也是党员、干部的修身之本、为政之道、成事之要。追忆“县委书记的榜样”焦裕禄同志，从“吃别人嚼过的馍没味道”到“革命者要在困难面前逞英雄”，再到“任何时候都不搞特殊化”……他对自己处处要求严、始终苛求实，把宗旨意识贯注到工作、事业、生活的方方面面。

修身律己永远在路上。作为一名共产党员，践行“三严三实”，让“严”的精神、“实”的作风成为思想品格、行为习惯，应当是一辈子的事。

“滴水穿石，一滴不可弃滞。”严于律己，贵在一以贯之，难在坚持不懈。牢记人民的利益高于一切，崇尚严于律己的品德，像珍惜生命一样珍惜自己的节操，不弃微末、久久为功，做一个一尘不染的人，我们就能在新征程上激昂精神、迸发力量、勇毅前行。

坚持『干而论道』的好方法

（原载《学习时报》
二〇二一年六月二十八日）

2019年7月，依托长山花园社区，吉林长春社区干部学院成立。近两年来，学院既聘请专家学者任课教学，又邀请全国各地的优秀社区工作者走上讲台，不仅把长山经验传播出去，也把各地的先进经验介绍到这里进行互动交流，形成了以实践为导向、以实训教学和案例教学为特点的新方式。

“这样的培训方式是对路的，就是要坚持‘干而论道’，从实践中来、到实践中去。”习近平总书记曾对学院的教学培训深有感触地说，一个国家治理体系和治理能力现代化水平很大程度上体现在基层。基础不牢，地动山摇。只有不断夯实基层社会治理这个根基，才能真正实现社会主义现代化强国的目标。

“干而论道”贴近基层、贴近实际、贴近实践。“坐而论道，不如起而行之”，“起而行之”不妨“干而论道”，真正让“行之”者又去“论道”，让干事的人再去“说事”，把实践中的经验做法进行归纳总结、提炼上升、抽象概括，然后“现身说法”，这是行之有效的好方法。好就好在它务实管用，很多经验做法都是经过实践证明正确的东西，冒着热气、沾着露珠、带着泥土味，贴近现实、真实可信，很接地气；好就好在它生动鲜活，很多道理既有意义又有意思，来自火热的生活，来自“活跃跃的创造”，源于基层和基层干部群众的发明，很有底气；好就好在它通俗易懂，简单朴素，颇具“原生态”，它深刻而不深奥、通俗而不粗俗，容易入耳入脑入心。总之，传播的理念、传授的经验都是一些听得懂、记得住、用得上的“养料”。

“干而论道”是时代的呼唤、事业的需要、基层的期待。时代的进步和事业的发展，既需要一大批脚踏实地的实干家，又呼唤那些能够时不时仰望星空“踱方步”的人，“干而论道”正好是两者的有机结合。基层是最好的学校，实践是最生动的教材，群众是最高明的老师。马克思主义认识论告诉我们，实践是认识的基础，对认识具有决定作用。从实践中来，到实践中去，来自实践，又指导实践，是马克思辩证唯物主义的生动体现。新时代新形势新任务条件下，新事物不断涌现，大量新情况新矛盾出现，大量新问题需要解答，只有理论联系实际，把理论与实践更好地结合在一起，才能解惑释疑，才会拨云见日。

“干而论道”既是好方式，又是好方法。坚持“干而论道”，需要大批实干家进课堂、上讲台。在实践中摸爬滚打的实干家，既有思考又有积累、既有想法又有办法，他们在实践中探索创新，总结出了很多课本教材上没有的新鲜经验，给他们提供平台，让他们传道授业，大有裨益。坚持“干而论道”，还需要靠一整套有效的制度机制来保障，比如，从“选育管用”等环节建立各项制度，不断加强师资队伍建设；加大课题项目开发，丰富实训教学、案例教学内容等。

干部学院是党性锻炼的大熔炉、学习提高的大课堂、展示才华的大舞台、培养干部的大摇篮和情感交流的大家庭。吉林长春社区干部学院的具体实践，丰富和拓展了干部学院培训的新内容、新方式与新方法，是对“干而论道”的生动诠释和有益探索。

深刻理解伟大建党精神是精神之源

（原载《学习时报》
二〇二一年七月七日）

习近平总书记在庆祝中国共产党成立100周年大会上第一次提出并深刻阐述了坚持真理、坚守理想，践行初心、担当使命，不怕牺牲、英勇斗争，对党忠诚、不负人民的伟大建党精神，明确指出伟大建党精神是中国共产党的精神之源。

历史川流不息，精神代代相传。伟大建党精神不是从天上掉下来的，也不是凭空想出来的，它孕育于伟大斗争，源自伟大实践。百年前，一群意气风发、满怀理想信仰的年轻人干了一件开天辟地的大事：成立了中国共产党。这个马克思主义政党一经成立，就始终伴随着革命斗争精神一起成长。她追求真理，向往光明，为理想而前仆后继；她为了让人民过上好日子，为了实现民族复兴而英勇奋斗。一百年来，我们党始终是在伟大建党精神的鼓舞下奋勇前进，在伟大建党精神的激励下披荆斩棘。以伟大建党精神为源头，我们党在百年奋斗中形成了井冈山精神、长征精神、延安精神、大庆精神、“两弹一星”精神、雷锋精神、改革开放精神、抗疫精神等。正是这些伟大精神，构成了中国共产党人的精神谱系，锤炼出我们党鲜明的政治品格，深深融入我们党、国家、民族、人民的血脉之中，为我们立党兴党强党提供了丰厚滋养。

问渠哪得清如许，为有源头活水来。伟大建党精神是中国共产党的精神之母。中国共产党人的精神谱系中的诸多精神，都是伟大建党精神派生出来的，是伟大建党精神的丰富和发展。伟大建党精神是中国共产党的精神之基。中国共产党的精神内涵、外延有许多，已经形成了一个完整谱系，在这个精神体系中，伟大建党精神处于“塔基”的地位，是精神之根，具有传承、支撑的价值作用。伟大建党精神是中国共产党的精神之魂。精神之贵在于其灵魂，理想信念、人民至上始终是中国共产党精神之灵魂所在，也是伟大建党精神的魂魄所在。丢了这个魂，就无以立足、难以致远。

进入新时代，面对错综复杂的形势和任务，面对千缠百结的矛盾和问题，我们应该怎样继承和发扬伟大建党精神？就是要想清楚、弄明白伟大建党精神的内涵与外延、地位与作用，把“是什么”“为什么”“怎么做”悟得透、想得深、落得实。在伟大建党精神中，“坚持真理、坚守理想”是精神密码，“践行初心、担当使命”是生命价值，“不怕牺牲、英勇斗争”是鲜明特征，“对党忠诚、不负人民”是政治品格。在新时代，要用伟大建党精神鼓舞和激励共产党人继续英勇奋斗，战胜前进道路上一切艰难险阻，极大地调动和发挥出共产党员不懈奋斗的积极性、主动性、创造性。

精神是旗帜，精神是引领。伟大建党精神是全体共产党人的心灵家园，守护好、建设好这片家园，让精神之源永远清澈纯净、碧波荡漾，是我们的责任和义务。在实现第二个百年奋斗目标的伟大征程上，我们要赓续共产党人精神血脉，永远把伟大建党精神继承下去、发扬光大，以永不懈怠的精神状态、一往无前的奋斗姿态进行具有许多新的历史特点的伟大斗争，不断书写中国共产党人新的精神史诗。

奥运风采凝聚奋进力量

（原载《人民日报》
二〇二一年八月十八日）

在第三十二届夏季奥林匹克运动会上，中国体育健儿以骄人成绩让五星红旗一次次升起，“中国力量”“中国速度”“中国风采”令人瞩目。

透过奥运这扇窗口，人们看到蓬勃向上的青春力量。青年是整个社会力量中最积极、最有生气的力量，国家的希望在青年，民族的未来在青年。参加这届奥运会的中国体育健儿，平均年龄只有25.4岁。首金得主杨倩、三跳满分的全红婵、举重纪录创造者李雯雯……“00后”选手闪耀奥运舞台。他们热情洋溢、敢拼敢赢，为祖国赢得荣耀，也绽放了青春光彩。奥运赛场上青春飞扬的面庞，映照着国家的生机与活力、兴旺与朝气。

透过奥运这扇窗口，人们感受昂扬向上的精气神。奥运比赛是能力的较量，也是意志的比拼、精神的展现。中国女排主教练郎平对姑娘们说：“昂起头来，我们打的是一种体育精神。”1964年，一份关于大庆石油会战情况的报告提道：“对一个国家来讲，就要有民气”，“一个国家有了民气，就能傲视和排除各种困难，不屈服于来自各方面的压力，自力更生，奋发图强，屹立于世界民族之林”。今日中国，民气旺盛，信心百倍，在长期历史进程中积累起来的强大能量正在充分释放。特别是经过抗击新冠疫情斗争和脱贫攻坚战，我们蓄积起的那股子气、那股子劲，更是势不可挡。

中国运动员以硬实力讲述着一个发展中大国的拼搏故事，以自信和自强标注了国家发展进步的新刻度。犹记1932年，刘长春参加洛杉矶奥运会时，孤独一人站在跑道上，在所参加的两个项目小组赛上均是最后一名。如今，“亚洲飞人”苏炳添跑出了令人惊叹的“中国速度”。从积贫积弱的旧中国到蒸蒸日上的新时代，画面对比鲜明，变迁引人思考。这届奥运会上，中国运动员在多个项目上打破世界纪录、创造奥运会纪录。一次次突破、一项项纪录，创造着新的历史，折射着日渐增强的综合国力。

体育从一个侧面书写着国家和民族的奋斗历程，也提供了一扇观察国家前途与命运的窗口。中国体育健儿在赛场上的拼搏精神，必将激励亿万人民攻坚克难、勇往直前，汇聚起同心筑梦、团结奋斗的磅礴力量。

做可以『托底』的年轻干部

（原载《学习时报》
二〇二一年九月六日）

“托底”，乃放心、靠谱、踏实、托付之意也。广大年轻干部是民族的希望、国家的未来、事业的中坚，能否紧要关头顶得上、危急时刻豁得出，能否担重任、挑大梁，不负党和人民的殷切期望，关键看能不能成为可以让党和人民托底的人。

可不可以托底，首先看能不能见底。托底与否取决于能否见底，试想一个连起码底细都秘而不宣、基本底数都不可告人、多少底牌都深不可测者，谈何让人踏实放心。现实中，有些干部往往“能见度”不高，让人一时半会儿看不清、辨不明、猜不透。有的是非面前不表态、原则问题不吭气，态度暧昧、立场模糊，“打太极”、玩深沉，哼哼哈哈、磨磨唧唧，一副“官油子”“老油条”的样子；有的“背景”复杂，“来路”不明，“路子”野、“套路”深，搞得神秘兮兮，云遮雾绕；有的有自己封闭半封闭的“朋友圈”，筑着一道“防火墙”，拉着一道“铁丝网”，屏蔽外界，老死不相往来，或天马行空独来独往；有的则戴着面具做人，表里不一、言行各异，两面人甚至多面人；等等。这种“能见度”低的人，常常让人误读误判，往往“不识庐山真面目”，而一旦哪天把重担或大任交给他时迟早会误大事，甚至出大问题。只有让人看得清、见得底，为人处世、家当底细搞得明明白白，像一泓清流，碧波荡漾、清澈透明，才谈得上可以托底。经得起刨根问底，才是真正的见底，而见底则是托底的前提和基础。

可不可以托底，根本看是不是有功底。托底与否最终取决于有没有扎实功底，得落在能不能干事上，体现在能不能解决问题上。最近，中国神舟十二号载人飞船升入太空，彰显了精湛过人的科学功底，中国神舟团队、北斗团队和嫦娥团队就是这样一次次以他们的“万无一失”成了让党和人民可以完全托底的一群人。事业是干出来的，未来是奋斗出来的。在奋斗的征程中，既有深水区，又有无人区，有不少未知的风险和挑战，有很多不确定的矛盾和问题，只有把担子托付给一批又一批本领高强，能够逢山开路、遇水架桥，敢于并善于解决矛盾和问题的人，伟大事业才能披荆斩棘，无往不胜。

可不可以托底，关键看敢不敢兜底。这里的“兜底”就是成为后盾和“避风港”，既是天塌下来能顶得上去的“高个子”，又是风雨袭来能够坚持和坚守到最后的“承重墙”。前行的道路不会是一马平川、一帆风顺的，当碰到困难、遭遇风雨时，总有那么一种人为你守护，为你垫底殿后，他们是最后撤退和最后离场的人，面对急难险重站在一起，面对艰难困苦守在一起。这样的人无私无我、无惧无畏，像焦裕禄那样“心里装着全体人民，唯独没有他自己”，如孔繁森那样“一个人爱的最高境界是爱别人，一个共产党员爱的最高境界是爱人民”。能为你兜底的人，是值得信赖和依靠的人，也是可以完全托底的人。

习近平总书记在一次调研中深有感触地说：“看到大家不愁

吃、不愁穿，教育、医疗、住房安全越来越有保障，心里感到很托底。”工作如此，人也一样。广大年轻干部如果能始终做到政治上过硬、本领上过人、廉洁上过关，党和人民就会感到很托底，把红色江山交给他们就会很放心。

讲原则不讲面子

（原载《人民日报》
二〇二一年九月二十三日）

习近平总书记指出："党的干部都要有秉公办事、铁面无私的精神，讲原则不讲面子、讲党性不徇私情。"坚持原则是具体的，体现于日常工作生活的方方面面。年轻干部要想成为可堪大用、能担重任的栋梁之材，就必须从细节做起，敢于坚持原则、勇于讲原则，不能被所谓面子问题所困。

不以规矩，不能成方圆。原则就是规矩和准则，意味着必须始终恪守的底线、不能踩踏的红线。回溯党史，在老一辈革命家和无数先锋模范人物身上，讲原则是讲党性的一个集中体现。对中国共产党人而言，原则问题从来都是安身立命、为人处世的大问题，来不得半点马虎，容不得丝毫含糊。

在某种意义上，讲原则最大的敌人，就是各种各样的私情和面子。现实生活中，有的人习惯“说好话”“好说话”，搞一团和气，成了不顾原则、丢弃原则的“好好先生”；有的人“酒杯一端，政策放宽”“枕边风一吹，耳朵根就软”，过不了人情关、面子关，成了“通情达理”的“温良绅士”；有的人不敢坚持正确的主张和意见，总是碍于他人的情面，习惯于顺风跑、顺杆爬、顺着说，态度暧昧、缩手缩脚，成了风吹两边倒的“墙头草”；等等。“盖天下之事，不难于立法，而难于法之必行；不难于听言，而难于言之必效。”原则是方向、规矩、底线，讲原则不讲面子，就应知行合一、不弃微末，从一点一滴做起，用行动诠释“法之必行”“言之必效”。

讲原则不讲面子，必须敢于说“不”。讲原则，就要在是与非、对与错、好与坏、公与私等问题上，勇于亮明自己的态度、立场和观点；对则对、好则好、行则行，不躲闪、不回避、不暧味。党的十八大以来，一些落马的领导干部在忏悔时表示，最初收受贿赂就是“碍于情面”。因为面子丢掉是非原则，最终害人害己，这样的教训何其深刻！邓小平同志曾说：“不讲党性，不讲原则，说话做事看来头、看风向，满以为这样不会犯错误。其实随风倒本身就是一个违反共产党员党性的大错误。”事实证明，在原则问题上无路可退，一退则自乱方寸，危害甚深。

讲原则不讲面子，还要勇于去“私”。心底无私天地宽，真正讲原则的人，总是能够捧着一颗公心、不夹杂私利，任何情况下都始终做到没有私心、不徇私情。反过来讲，一旦私心杂念作祟、歪风邪气附身，原则的堤坝就极易溃败。毋庸讳言，坚持原则会得罪人，但为了事业、为了正气，就得拉得下面子、抹得开情面，敢于“唱黑脸”，做到既在大是大非面前讲原则，又在小事小节中讲原则。关键时刻讲原则不讲面子，才是真正的大义所在。

坚持原则是共产党人的重要品格，是衡量一个干部是否称职的重要标准。原则问题上的铁面，是真正的情面；原则问题上的不让步，方是进步。

在『基本功』上下笨功夫

（原载《新华每日电讯》
二〇二一年九月三十日）

听木工老师傅们说，木匠在上手干大活重活之前，常常得先花上一定时间打下手，从最简单的拉锯做起，而且这拉锯活至少得干上三年。这看似简单枯燥的拉锯活就是一项不可或缺的基本功。同样，练书法的也有一个说法，书法得从临帖这个基本功开始，一笔一画老老实实下笨功夫。类似这种必须舍得在基本功上下笨功夫的做法，在各行各业中都普遍存在。

基本功就是那些最基础、最基本的活儿，是最垫底、最托底的本事。做任何事情，都有一个基本功过不过硬、扎不扎实的问题。倘若基本功不过关或不过硬，一旦到需要显山露水的时候就会“掉链子”，难以扛大梁、挑重担。

既然基本功如此重要，按理说人们应当很看重，而且舍得下笨功夫、苦功夫。然而，事实并非如此。现实中，有的人总是嫌基本功太耗时、太费力，在基本功上下大功夫不划算、不值得，于是没有那个耐心，弄得“楷书还没练好，就开始写狂草”，来个一步登天，最后把字写得“四不像”，生活中这样的人不在少数。

“书山有路勤为径，学海无涯苦作舟。”基本功正是这样一种不偷工减料、不投机取巧的笨功夫、苦功夫，谁在基本功上流的汗水多，谁就能比他人行得稳、走得远、飞得高。当年中国女排勇夺五连冠时，时任国家体委副主任荣高棠写了一个总结，他归纳女排成功的原因，就是“高标准，严要求，勤学苦练基本功”。古往今来有大成就者，诀窍无他，都是能下肯下笨劲。说起钱锺书的学富五车，人们往往只觉得他天分高、记忆力强，其实，钱锺书的满腹经纶，更多来自他后天手不释卷的苦功。他的治学心得是：“越是聪明人，越要懂得下笨功夫。”要深知，笨功夫并非真笨，而是真正的聪明，它是成事之基、成才之道，是一个人成大器、干大活的不二法门。

“万丈高楼平地起”“磨刀不误砍柴工”。在磨炼基本功上要不得小聪明，得下笨功夫，在一笔一画、一招一式上慢慢来，得有兢兢业业的精神，耐得住寂寞、挡得住诱惑、坐得住冷板凳。俗话说，“板凳坐得十年冷”“十年磨一剑”，说的就是要保持耐心，有韧劲。练基本功不是一朝一夕的事，不可能一蹴而就，得静下心来，一点一点地“死抠”，一遍一遍地“打磨”，反反复复，不厌其烦，方能成器。

基本功一朝在手，一生受用。基本功一旦打扎实了，是抢不走、跑不掉的，把笨功夫、苦功夫下在这里面，把大功夫、硬功夫下在这上面，事半功倍。

正确看待和使用『不黏人』干部

（原载《学习时报》
二〇二一年十月十三日）

习近平总书记离开上海到中央工作后，在一次聊起对上海干部的评价时说，上海的干部“不黏人”，意思是说，不会谄媚地“贴近”领导、拼命地“巴结”领导，而是比较务实。这句评价，既是对上海干部的肯定和鼓励，也明确了一种重实干、重实绩的选人用人导向。

现实中，常常有这样一些人，他们跟领导和同事的关系简简单单、清清爽爽、干干净净、明明白白，更多的是保持着一种“无声的联系”，对领导不搞“贴靠”、不去“巴结”，也不善“套近乎”，对同事不去拉拉扯扯、吃吃喝喝，不搞吹吹拍拍、拉帮结伙，平日里多半埋头干事、不会来事，只琢磨事、不琢磨人，这就是那种被称为“不黏人”的人。“不黏人”是一种性格，更是一种品格。“不黏人”的干部追求的是实干实绩的价值目标，崇尚的是独立自主的人格风范，奉行的是高洁清爽的思想作风，实属难能可贵、难得可嘉。

正确看待“不黏人”的干部，真正对他们有一个清醒的认知。大凡“不黏人”的干部，往往有鲜明的独自个性、独立人格和独特思想，常常有明确的处世原则。他们普遍反感乃至厌恶拉拉扯扯、吹吹拍拍那一套庸俗的人际关系，从内心抵触和鄙视那些迷失自我、缺失尊严的阿谀奉承，往往被有些人看成是骄傲、清高、做派和自以为是，被说成是不合群、不近人情、格格不入和不明事理，甚至被嘲讽成古怪、呆板、迂腐和另类，等等。人皆有性格，只要不是思想意识上的不对路，不是立场观点上的不合拍，就应该允许并包容它的合理存在，不求千篇一律、千人一面。特别是，当下鼓励和倡导构建清清爽爽、简简单单、明明白白、干干净净的同志关系，人与人不妨多些“无声的联系”，“不黏人”恰好是这种方式的一种合理存在。“不黏人”表面上看似乎只是人与人的一种交往方式，实质上折射出不同的人生观、价值观和利益观。“不黏人”不失为一种清醒自觉、一种清新脱俗。

合理使用“不黏人”的干部，真正不让老实人吃亏、不让本分人边缘化。事业是干出来的，只会来事不会干事，最终无济于事，而只有把那些真正会干事、善于解决矛盾的干部用起来，让“不黏人”的干部吃苦不吃亏、受累不受气、埋头不埋没，才能让他们有市场、有价值，成“香饽饽”“抢手货”，正确的用人导向也就立了起来，好的政治生态也就养成了。事实上，有的人更愿意把心思和精力用在工作上，作为领导和组织，对这种“不黏人”的干部要主动地去“亲疏者，疏亲者”，不能让“不黏人”的干部受冷落、被歧视。

“不黏人”是一种难能可贵的不贴靠、不巴结，是一种好的品质，这样的干部理应得到正确的看待和合理的使用。

（2021年10月14日《人民日报》客户端转载）

还债『填窟窿』也是政绩

（原载《学习时报》
二〇二一年十一月十五日）

眼下，地方各级领导班子已经或正在进行换届。新班子组建后都会思考和谋划怎么有新作为、新气象。有的开展调研学习，从发动思想入手，充分调动大家的积极性、主动性、创造性；有的着手制订新的发展计划，提出新的思路、措施和办法；也有的雷厉风行搞招商、上项目、抓投入；等等。这些都是好现象，值得鼓励和肯定。

然而，有一个问题从一开始就值得注意并思考，那就是对于前任抑或是一任接一任、一届接一届延续下来的债务究竟怎么看、怎么办。从现实中看，一些人不愿也不敢去接这个烫手山芋，在还债“填窟窿”问题上基本持不愿担当、不敢作为态度，甚至没兴趣没动作。究其原因，不愿者总觉得还债“填窟窿”看不见、摸不着，是潜绩，甚至只是给前任或往届“擦屁股”，为他们“抹平”“贴金”，在这上面下功夫不划算、不值得；而不敢者则害怕“债务”这笔账水太深、“窟窿”太大，不好还、不易填，说不定里面还夹杂着错综复杂的利益纠葛，剪不断理还乱，弄不好自己深陷其中，到头来“赔了夫人又折兵”，吃力不讨好，所以人家让它“挂”着，我也让它“挂”着，犯不上冒这个险、蹚这趟水；等等。于是，抱着不去沾、不去惹、不去碰的态度，能躲则躲、能避则避，不到万不得已不去解决。“为官避事平生耻。”在还债“填窟窿”上的不愿不敢，往大处说背离了初心使命，是一种典型的不担当不作为；往小处讲则失职失守，是一种十足的明哲保身，有害无益。

树立正确的政绩观是关键。政绩观是动力源。如今干部都有强烈的政绩冲动，渴望自己任上大干一场，这当然是件好事。问题是，政绩观不能只盯着那些看得见、摸得着的显绩上，甚至演变成“干部政绩高与低，只看 GDP”。正确的政绩观要既看显绩又看潜绩，既看近绩又看远绩，既看硬绩又看软绩，而还债“填窟窿”就是潜绩、远绩和软绩。树立不了还债“填窟窿”也是政绩的观念，这事就没人想干愿干。

树立正确的名利观是实质。说到底，政绩观背后折射出的是名与利。太过看重个人名利的人，政绩观就会“近视”“短视”，会掺杂太多的私心杂念，直至走形变样。倘若把我们的名利观建立在“功成不必在我”，但“功成必定有我”上，就会淡泊名利、放小自我，就会我将无，不负人民。还债“填窟窿”是需要一点自我牺牲精神的。“新官不理旧账”，说轻点是喜功却不愿担责的表现，说重点是失信于民的反映。这些年，决不能“新官不理旧账”这一提法连续被写进了《政府工作报告》，这已经上升到了党和政府公信力的高度。

确立科学的考核指标体系是根本。考核向来是根有效的指挥棒，你考什么他干什么，你不考什么他则不干什么。这么多年来，一些地方大兴土木，特别是举债搞建设，欠下了一些债务，也是毋庸讳言的事实。从某种意义上讲，还债“填窟窿”相比创造新政绩可能要付出更艰辛的努力。债务不去主动清欠，则永远在那里，而且日积月累会债台高筑，甚至造成债务缠身、债务危机，直至积重难返。考核这个层面就是要起到鼓励他们去清、引导他们去清的杠杆作用，真正把还债“填窟窿”也是政绩的理念和实践纳入考核指标体系中去。

当然，既要倡导还债“填窟窿”，也要鼓励大力抓发展，家底厚实了，还债“填窟窿”才有底气。还债“填窟窿”也是政绩，这既是信号，又是导向。对于债务窟窿，回避不是办法，躲避没有出路，摸清底数、拿出底牌，以负责任敢担当的勇气和作风去面对它，想办法、动脑筋，就能有所为、见成效。

（2021年11月15日《人民日报》客户端转载）

以执着和清醒勇毅前行

（原载《学习时报》
二〇二一年十二月八日）

“以咬定青山不放松的执着奋力实现既定目标，以行百里者半九十的清醒不懈推进中华民族伟大复兴”，这是党的十九届六中全会通过的决议中的明确要求，它既是一种立场态度，又是一种士气鼓舞，令人深思、催人奋进。

“咬定青山不放松”“任尔东西南北风”说的就是不达目的不罢休、不破楼兰终不还的执着。在前行的道路上，我们尤其需要这样一种执着，这是因为我们坚持的理论是正确的，所制定的一整套路线、方针、政策是正确的。习近平总书记指出："走自己的路，是党的全部理论和实践立足点，更是党百年奋斗得出的历史结论。"坚持走自己的路就是一种执着。这种执着，还因为我们所奋斗的事业是伟大壮丽的，所追求的目标是光辉灿烂的，所坚持的道路是正确的。实现中华民族伟大复兴的中国梦，满足人民对美好生活的向往，是中国共产党百年奋斗始终不渝的追求，它顺乎潮流、合乎民心，已经并正在焕发出勃勃生机、呈现出光明前景。我们始终站在历史正确的一边，站在人类进步的一边，站在时与势于我们有利的一边，由此观之，我们没有理由不笃定前行，没有理由不坚定执着。

"行百里者半九十"说的就是谦虚谨慎、不骄不躁的清醒与自觉。在奋进新时代的伟大征程中，始终保持这份清醒与自觉是不容易、不简单的，也是必须、必要的。回望来时的路、远眺前方的路，可以看到，一些人在一些问题上容易头脑发热，面临着不清醒和犯糊涂的风险。比如，面对鲜花和掌声时容易"飘"。百年奋斗，取得了翻天覆地的巨大成就，这容易在党内滋生一种骄傲自满情绪，弄不好还会飘飘然、昏昏然，或躺在功劳簿上睡大觉，或容易自信变得自负、自豪变得自满。又比如，面对风险和挑战时容易“怕”。改革进入“深水区”甚至“无人区”，各种矛盾和问题层出不穷，斗争的形势和环境越来越严峻复杂，对斗争意志和能力的挑战越来越紧迫，中国巨轮要过险滩、绕暗礁、破冰山，变惊涛骇浪为乘风破浪，就得不畏惧、不退缩、不幻想，始终从容不迫、处变不惊。还比如，面对焦虑和烦躁时容易“浮”。饭要一口一口地吃，事要一件一件地办，有些事情急不得、快不了，既要只争朝夕，又不可只看朝夕、图毕其功于一役，保持历史耐心需要的正是清醒自觉。再比如，面对干扰和诱惑时容易“偏”。前行的道路上不可能一路赞歌，不可能轻轻松松、敲锣打鼓，这一路，我们经历过各种各样的唱衰论、抹黑论，面临过五花八门的杂音、噪音，感受过形形色色的棒杀、捧杀，然而我们坚定顽强地走过来了，我们还要继续一如既往、一以贯之、一往无前地向前走。最重要的是，不被蛊惑所惑、干扰所扰，不被带节奏、带偏航，依然坚定不移走好自己的路、百折不挠办好自己的事。

“长风破浪会有时，直挂云帆济沧海。”执着是建立在清醒的基础上的，只要对时代潮流和形势变化有清醒的判断，对事物发展的特点和规律有清醒的认知，对自身的基础条件有清醒的感知，就能保持难能可贵的坚定执着，就多了一份战无不胜的勇毅和坚韧。

重要的是『心上的任命』

（原载《人民日报》
二〇二一年十二月二十三日）

随着各地换届工作陆续展开或完成，一批批干部经组织任命走上了新的领导岗位。有位老同志说得好：“这只是个开始，组织的任命在纸上，群众的任命在心上。”干部好不好，“一纸任命”是一种肯定，但是否合格、称职，更重要的是来自群众的认可与满意与否。

人民是我们党的工作的最高裁决者和最终评判者。党的十九届六中全会审议通过的《中共中央关于党的百年奋斗重大成就和历史经验的决议》指出:“民心是最大的政治，正义是最强的力量。党的最大政治优势是密切联系群众，党执政后的最大危险是脱离群众。”俗话说得好，金杯银杯不如群众的口碑，金奖银奖不如群众的夸奖。对于广大党员、干部特别是领导干部而言，敢于担当、善于作为，用实绩说话，才能赢得群众的信任。

相较于严格遵循程序进行的考察任用，群众的口碑、支持是无形的，却也是真实而持久的。现实中，绝大多数干部都能牢记“江山就是人民，人民就是江山”，践行以人民为中心的发展思想，也有极少数干部对来自群众的评价不太看重。有的觉得群众的看法和评价无关紧要，决定不了自己的升降去留；有的认为群众期望高、诉求多，要想得到他们的认可不容易，于是不积极主动地去追求；有的甚至内心委屈，认为自己常常“流了一身汗，还是不好看”，群众不领情；等等。其实，群众的认可与支持最真实、最宝贵，含金量高、得之不易，每一名干部都应孜孜以求。

只有把群众放在心上，群众才会把你记在心里。县委书记的榜样焦裕禄“心里装着全体人民，唯独没有他自己”，在群众心中的位置一直很高；孔繁森用行动证明“一个共产党员爱的最高境界是爱人民”，人民被他深爱着，人民也永远深爱着他；“用生命诠释忠诚”的优秀公安局局长潘东升坚守“人民公安为人民”的信念，人民群众同样记着他、怀念着他。干部只有始终把群众放在心中最高位置，才能真正赢得口碑、赢得信任。

要让群众说好，干部得先干好。群众心中有杆秤，群众的眼睛是雪亮的。干部干部，就是要干字当头、干字为先。避事不干事、怕事不担当，花言巧语、花拳绣腿，群众自然不买账，也不会有好言好语。要让群众满意，得先让群众受益。“当代愚公”黄大发矢志不移带领群众挖山不止，开凿出“人工天河”，造福了当地百姓；“校长妈妈”张桂梅不图名利，帮助2000多名山区女孩走出大山，圆了大学梦；“将军之子”廷·巴特尔40多年扎根草原，带领牧民走共同富裕道路……他们让群众看到了变化、得到了实惠，因此受到大家欢迎。干要干在实处，这个实处就是群众的需要，就是民心。以百姓心为心，经常问需于民、问计于民，把群众的“急难愁盼”、安危冷暖时刻放在心上、抓在手上，为群众带来实实在在的获得感，这样的干部，自然能够收获好口碑。

群众的认可是一种真情流露，来之不易。它源自老百姓对干部长时间的观察、了解，是从实践中来的，更是从切身感受中来的。对此，每一名干部都应细思之、笃行之。

（《人民日报》刊发时改标题为《群众的认可最宝贵》）

『尽画圈』现象要不得

（原载《学习时报》
二〇二一年十二月二十七日）

“把文件传过来传过去，尽画圈”，“有的事画圈画了半年还解决不了，究竟是赞成还是反对，也不知道”。这是当年邓小平一针见血指出的顽瘴痼疾。从现实中看，这种“尽画圈”的现象依然屡见不鲜，有的还“画”得得心应手、逍遥自在，这不得不让人警醒和深思。

应该说，画圈并非不可以，该画圈的事情当然可以画圈，对有的文件材料画个圈意味着已知或已阅，这时候的“画圈”也是一种态度的表达，无可厚非。问题是，不该画圈的事情也简单画圈了事，甚至凡事都一圈了之、一圈而过，既提不出具体的意见，又拿不出可行的办法，变成了“尽画圈”、一味画圈。“尽画圈”可谓干部队伍里“官油子”的一种自画像。

“尽画圈”本质上就是一种不担当、不作为。“尽画圈”往往态度暧昧、模棱两可，画圈者左右逢源，既有闪转腾挪的空间，又有长袖起舞的余地，出了差错可以因为“从众”而落个法不责众，有了事故可以因为有“高个子”顶着而规避了风险和责任。领导干部是要领着大家干事的，很多呈报的文件材料是需要领导干部有个明确态度的，没有一个明确的态度，拿不出具体的思路和办法，谈何“领”？怎么干？“把文件传过来传过去，尽画圈”，就是在例行公事，这种做法无异于“打太极”和“踢皮球”。“尽画圈”者就是看见矛盾绕道走、遇见棘手的事躲着行，是不担当不负责不作为的具体表现。

“尽画圈”实质上就是不动脑筋、缺乏主见。领导干部是主心骨，是要出主意、拿主见的。然而，有些领导干部经常不调查不研究、不学习不思考，对事物心中无数、脑中无事、肚里无货，平时也没什么积累和经验，有的就是“思想懒汉”，这样的干部遇到矛盾和问题常常发慌发怵，只好将矛盾往上交、将问题往外推，于是也就“一圈了之”“一圈遮之”。所以，克服“尽画圈”现象还得从提高领导干部综合素质入手，让他们注重调查研究、加强学习思考，始终做到心中有数、脑中有事、肚里有货、手里有牌，有了“牌”也就能随时出牌打牌，“打”出一副好牌局来。

“尽画圈”实际上就是在认认真真走过场、走形式。对呈报上来的文件材料在一定范围里传阅，这是很必要也很重要的工作内容和工作流程。然而，它不是“公文旅行”，不能流于形式。“尽画圈”的做法就是在公文上兜圈子，而且还是一本正经地做，表面上还挑不出毛病、找不出差错，实际上于事无补、于人无益，既解决不了问题，又推动不了工作，还滋长了官僚主义，助长了形式主义，形成了不好的导向和风气。

“尽画圈”画不出中国梦。中国梦还是得靠面对矛盾和问题拿出切实可行的思路、措施与办法，一件件去落实、一个个去解决、一次次去推进，在真抓实干中开创新业绩、新天地。

第二辑

这一辑收录的20篇文章，系2022年在《人民日报》《学习时报》《新华每日电讯》等上发表的时评言论，其中2篇刊登于《人民日报》。

多搞『脚步轻、脚印深』的调研

（原载《党建文汇》
二〇二二年第一期）

新年伊始，有的地方又恰逢换届后新班子刚到位不久，想做要做的事情很多。面对千头万绪、纷繁复杂的工作任务，下决心静下来、沉下去，拿出相对集中一点的时间，花上相对多一点的精力，去多搞“脚步轻、脚印深”的调查研究，摸清家底，掌握实情，不失为事半功倍的“牛鼻子”事。

搞“脚步轻、脚印深”的调研是真调研。调查研究是谋事之基、成事之道，是获得发言权、赢得决策权的根本途径。调研的目的，说到底是为了发现问题、解决问题，是奔着问题去的。“你对于那个问题不能解决吗？那么，你就去调查那个问题的现状和它的历史吧！你完完全全调查明白了，你对那个问题就有解决的办法了。”所以，“凡是忧愁没有办法的时候，就去调查研究”。这是毛泽东同志的切身感受，也是他重要的工作方法和领导艺术。可以说，调研的价值就在于发现和解决问题，一切不奔着问题去的调研，一切不着眼于发现和解决问题的调研，都是意义不大、效果不佳、质量不高的调研，也是可有可无的调研。基层干部群众特别需要和盼望的是能帮助他们解决实际问题的调研，而要真正发现问题、解决问题，就得扑下身子、放慢步子、去掉架子，认认真真地听真话、看真相、取真经、结真情，就得去多搞“脚步轻、脚印深”的真调研。

然而，检视我们的一些调研并不尽如人意，有些成了变味的伪调研、假调研，突出表现在调研中的形式主义和官僚主义现象屡见不鲜。有的动静大、声势大，下去调研前习惯三番五次发通知、做方案、打招呼，人还未“下楼”，早闻“楼梯响”，生怕大家不知道，喜欢“报纸有名、广播有声、电视有影、网络有痕”；

有的蜻蜓点水、走马观花，雨过地不湿，“隔着玻璃看，坐着车轮转”，打个卡而已，搞成了“到此一游”；等等。基层干部反映，有的上级机关和领导调研时似乎永远只会说两句话，一句是见面时竖大拇指说“干得好”，另一句是临走时拍拍你的肩膀说“好好干”，结果什么实际问题也不解决，什么实事也不办。诸如此类说白了是调研中的形式主义、官僚主义在作怪，这样的调研既发现不了问题，又搞坏了风气，做的是“无用功”。

搞“脚步轻、脚印深”的调研是好调研。衡量一个调研好不好，说到底要看它是不是有效果。现实中，有的调研是调而不研，对调研获得的材料信息不分析不研究，往往束之高阁，不善于去伪存真、去粗取精，把做了当作做好了、结果当作效果；有的为调研而调研，本应该“下去一把抓，回来再分家”，而回来后却不分享，自己吃独食，信息不能最大化；有的甚至把调研当成了散心，搞成了一场“秀”；等等。事实证明，那种被安排得好好的调研就是在作秀、走过场。习仲勋同志在一次去江西兴国农户家调研时就说：“我早说过，你们事先安排好了让我看的，我不看！”对“被调研”要这样敢于说不。要脱下西装穿便装、脱下皮鞋穿草鞋，多搞“自选动作”、多做随机调研，多坐炕头、少坐车里头，多走田埂、少躲会议室，多进车间、少待房间，最深的脚印永远在群众的心里。

“脚步轻、脚印深”的调研只是一种比喻。“脚步轻”莫过于放下架子、放低身段，莫过于不打招呼、不声不响，莫过于朴素无华、扎扎实实；“脚印深”则莫过于钻“矛盾窝”、接“烫手芋”、解“百家愁”，莫过于听真话、看真相、取真经、结真情，莫过于走进基层干部群众的心坎里。

提升塑造态势的能力

（原载《学习时报》
二〇二二年二月二十一日）

下棋打牌的人都明白一个道理，即大凡高手都会着眼去做局做牌，正所谓“善弈者谋势，不善弈者谋子”。做局做牌就是在谋势，是一种主动塑造态势的能力。面对艰巨复杂又瞬息万变的新形势新任务，不断提升塑造态势的能力应当成为各级干部特别是领导干部能力建设的重大课题。

态势，指的是一种状态和走势趋势。塑造态势，说白了就是通过制定标准、确定规则、设置话题、制造舆论、打造范式等，营造出一种有利的形势和局面。“欲粟者务时，欲治者因势”“势者，利害之决”，谁站在时与势的一边，谁就站在了胜利的一边。塑造态势之重要，就在于它能够以我为主，抢占制高点，抢先掌控局势，能够主动带节奏而不是被人牵着走，善于领舞而不是随人起舞。谁能塑造态势，谁就掌握了主动权，谁就把握了主导权，谁就成了竞争舞台上的主角。老一辈无产阶级革命家是塑造态势的“高手”。当年抗日战争爆发后，面对甚嚣尘上的“亡国论”“速胜论”，毛泽东提出了“持久战”的重大判断，宛若一盏明灯，廓清了迷雾，照亮了航向，也照亮了人们的心灵，更精准预言并塑造了整个抗日战争的发展态势。党的十八大以来，习近平总书记提出的构建人类命运共同体等一系列重大战略决策，都是塑造世界态势、深刻影响并改变世界格局的大手笔。然而，毋庸讳言的一个严峻现实是，长期以来，世界上一些国家倚仗所谓实力，经常通过制定游戏规则或制造舆论，抢先做局做“牌”，常常陷我们于战略被动。而在这种话语“霸凌”的背景下，我们的一些干部还根本不知道，也不习惯、更不善于积极主动地去塑造态势，只是停留在“接招”“应招”上，既缺少意识，又缺乏能力，这很危险，也很可怕，是很急需补上的短板和弱项。

塑造态势，关键在于知态势，能够敏锐地感知、及时预知态势。“彼不先审天下之势而欲应天下之务，难矣。”知态势，方可塑态势。对于目前的形势和任务是什么，可能朝哪个方向发展，得学会经常研判，而且善于看“桅杆”，做到心中有数。经常地时不时坐下来、静下来、慢下来仰望星空，站在高处、远处和静处，去窥斑见豹、见微知著，“塑势”也就有了基础和保证。

塑造态势，重要在于循规律，能够站在历史正确的一边，站在人类进步的一边。“时异而势异，势异而理亦异矣。”时代不同则形势不同，形势变了，社会发展规律当不一样。“势”，规律也。塑造态势，只要顺应浩浩荡荡的历史和时代潮流，始终与人类进步潮流同行、与进步力量携手、与进步事业共进、与进步思想同频、与进步精神同在，这个“势”就有生命力，就势如破竹、势不可挡。

塑造态势，可贵在于有谋略，能够经常地进行战略思维。“审度时宜，虑定而动，天下无不可为之事。”要有塑造态势的意识，做好的“牌”要打好，没有的“牌”则学会去做，善于见机行事、顺势而为，审势而行、因机而变。

“激水之疾，至于漂石者，势也。”“势”是一种力量。不断提升塑造态势的能力，是敢于斗争、善于斗争和赢得斗争的现实需要。

领导干部要慎对『饭局』

（原载《学习时报》

二〇二二年三月七日）

最近，有位领导同志情真意切地谈道，领导干部特别是年轻干部要少应酬，小心各种各样的“饭局”，避免“吃”出事情来。这个醒提得很必要，也很直接，它不是小题大做或危言耸听，而是苦口婆心、用心良苦。

应该说，吃饭睡觉是人们不可或缺的基本生活内容，平时三两个至爱亲朋偶尔小聚一下属情理之中，只要是大众饭馆、百姓消费、自掏腰包、友情餐叙无可厚非。把“饭局”作为问题提出来，是基于不少“饭局”的复杂性和风险性，更是基于一些领导干部对这种复杂性和风险性认识不清、重视不够，基于有些领导干部仍然热衷于或奔走于各种饭局而疲惫不堪，甚至深陷其中。这么多年来，有的领导干部因为“饭局”不慎而埋下祸根、留下隐患，或被打开缺口、种下祸害，不得不有所警觉，引以为戒。

从现实来看，饭局是一个大舞台，生旦净末丑，各式人马都会有，像个大杂烩。可以说，领导干部要慎交友，就得从慎对饭局做起，因为饭局是一个人“社交圈”和“生活圈”的重要平台，也是“朋友圈”的重要窗口。交什么样的朋友，喜欢怎么样的交往方式，饭局可以折射和反映出来。饭局又是一个大染缸，赤橙黄绿青蓝紫，五颜六色、各式各样。俗话说：“近朱者赤，近墨者黑。”吃得多了、接触多了，很容易在推杯换盏中被“墨者”带黑，甚至容易在不知不觉中被染黑。饭局还是一个“湿滑地”，是各种毛病和问题滋生蔓延的温床。俗话说：“天下没有免费的午餐。”吃人家的嘴软，拿人家的手短，“酒杯一端，政策放宽”早已是一个不争的事实。古有“杯酒释兵权”的“鸿门宴”，今有投桃报李的“豪华宴”。酒是人际关系的润滑剂，各种各样的饭局参加多了，不但“胃口”容易变了、高了、坏了，而且容易在有“油水”的地方滑倒。通常看，矛盾是非常常是“吃”出来的，利益交换往往躲在饭桌底下。事实上，一些领导干部后来出事，都与以往热衷于参加各种各样的饭局脱不了干系，都或多或少能够从中找得到瓜葛和源头。

饭局虽小，兹事体大。作为领导干部，手里掌握着各种各样的资源，拥有大小不一的公权力，所以不是什么饭局都可以“慨然应允”“欣然赴约”的，得三思而行。比如，“站台”“背书”的饭局就千万去不得。有一种饭局，吃的不是饭，而是局。天上不会掉馅饼，那样的馅饼往往是陷阱。请吃人冲着你的权力或影响力，为了达到这样那样的目的，假装来个“感情深，不怕打吊针”，其实是心照不宣，各取所需。又比如，“背景”深、“来路”野，或“无事不登三宝殿”的“不速之客”，这种饭局多半“水深”，要学会拒绝，敢于说不，等等。不贪“口福”，方有幸福，方可避免祸从口入。饭不可以不吃，但要吃得干净、吃得单纯、吃得轻松、吃得清爽，而且还是要以少吃为好、少吃为上。

习近平总书记曾语重心长地告诫领导干部：“少出去应酬，多回家吃饭。省下点时间，多读点书，多思考点问题。”慎对“饭局”于己于家，益处多多，实可思之行之。

（《学习时报》刊发时标题为《年轻干部要慎对“饭局”》）

年轻干部要常破『心中贼』

（原载《人民日报》

二〇二二年三月二十一日）

“守住拒腐防变防线，最紧要的是守住内心，从小事小节上守起，正心明道、怀德自重，勤掸‘思想尘’、多思‘贪欲害’、常破‘心中贼’，以内无妄思保证外无妄动。”在2022年春季学期中央党校（国家行政学院）中青年干部培训班开班式上，习近平总书记对年轻干部提出明确要求，语重心长的一席话，饱含殷殷期待，促人深入思考。

“天下之难持者莫如心，天下之易染者莫如欲。”心，思也。

“心中贼”就是对事物认识的各种思想偏差，各种各样的私心杂念、贪欲。一个人心中想什么、怎么想，往往影响和决定着做什么、怎么做。

“心中贼”是个可怕的东西，它会到处捣乱。有一种说法，叫作“有贼心没贼胆”，其实有很大的欺骗性和误导性。事实证明，倘若心中有“贼”，则容易灵魂被“俘”、思想被“腐”、气节被“劫”、情怀被“盗”；倘若“贼心”不死，轻则变得偷偷摸摸，干些见不得人的事，重则发展到自毁前程、害人害己。一些“东窗事发”的腐败分子不约而同地自我解剖：在与形形色色老板的接触中，内心逐渐失衡。“为什么我这么努力却过得清苦?”“凭什么老板们赚钱那么容易？”类似问题堆积久了就会变成心魔，进而不断侵蚀着思想防线。欲望太强，会让人心烦意乱，直至扭曲变形、堕落变节。应当清醒认识到，年轻干部相对涉世不深，欠缺经历和经验，更容易被“贼”惦记、被“贼”光顾，因此，防“心中贼”、破“心中贼”更加紧要。

破“心中贼”，重要的是勇于跟“贼”搏斗，直至将其从心中赶出去。人不是生活在真空里，难免有“心门”没关严关实的时候，都或多或少溜进过“贼”。心中有“贼”不可怕，可怕的是麻木不仁、熟视无睹，更可怕的是任其潜滋暗长、恣意妄为。应当保持警觉，经常注意“捉贼”，勤掸“思想尘”，及时进行思想“大扫除”。内心干净、透亮，“贼”便无立足之地。如此，“歪点子”“坏办法”“馊主意”就没有藏身之地，私心杂念、贪欲就没有滋生蔓延的条件。

破“心中贼”，根本在于心正、守正。“物格而后知至，知至而后意诚，意诚而后心正，心正而后身修，身修而后家齐，家齐而后国治，国治而后天下平。”有大目标、大追求，笃定前行、矢志不渝，关好自己的“门窗”，才能不给各种“贼”任何可乘之机。心正、守正，也就没有破不了的“心贼”。古人言：“寡欲以清心。”少一点私心杂念，则多一份公而忘私；少一点个人欲望，则多一份超然洒脱。要让心灵成为清静自在的乐园，而非欲念深重的泥潭。从某种意义上说，少私寡欲是一种境界，也是一种修为，更是破“心中贼”的重要法宝。

“破山中贼易，破心中贼难”，“心中贼”是每名年轻干部必须时刻警觉并努力驱赶的“魔”。广大年轻干部练好内功、提升修养、增强本领，走好人生的每一步，方能成为可堪大用、能担重任的栋梁之材。

（《人民日报》刊发时改标题为《年轻干部要筑牢思想防线》）

年轻干部成长得『温和放量』

（原载《学习时报》
二〇二二年三月二十八日）

这次地方领导班子换届，一批批年轻干部走上了各级领导岗位。看到别人的成长进步，有些年轻干部变得按捺不住起来，有的心理似乎开始不平静、不平衡和不安分了，各种“活”思想逐渐“跑”了出来、冒了出来，有的甚至出现某些动作上的走形变样。这一苗头和倾向值得提提醒、敲敲钟。

股市上有一种说法，叫温和放量，说的是慢慢地渐大式、渐进式放量，表现在图形上，是成交量的柱状线一个阶梯比一个阶梯提高的放量形式。它形容虽然涨幅不大，但在慢慢地向上走，总的趋势是不断向上盘升，呈现出量增价升态势。年轻干部是“绩优股”“成长股”，应该也必须像“温和放量”一样，一步一个台阶、一步一个脚印，稳扎稳打、踏踏实实往上走，不慌不忙、不急不躁往前进。然而，从现实来看，有些年轻干部并非这样。他们中有的起步就想起飞，“登台”就想“登天”，指望着坐“直升机”甚至坐“火箭”，实现跳跃式、跨越式的突飞猛进；有的“两年没提拔，心里有想法”“三年没挪动，四处去活动”，总是想着法子“打一枪换一个地方”，变得急不可耐、坐立不安起来；有的想着“马无夜草不肥”的歪理，四处找关系、攀高枝、寻背景，搞歪门邪道，恨不得“一夜暴富”；等等。年轻干部的成长进步是有规律的，不可能一蹴而就，也不可以拔苗助长。比如，得多“墩墩苗”，在“吃劲”的岗位上多历练；又比如，得像小树苗一样，多注意“田间管理”、修枝剪叶；再比如，得像扣扣子一样，扣好从政的第一粒扣子；还比如，得一靠个人努力，二靠组织培养，相信组织、相信群众，不搞个人自我设计那一套；等等。其中，懂得并且学会“温和放量”，是一个重要的特点和规律，按“温和放量”的规律办，年轻干部才能健康成长，才能行稳致远。

年轻干部是事业发展的“接棒人”，是中国梦的追梦、筑梦和圆梦人，披荆斩棘、任重道远。他们的成长不是一朝一夕的事，也不该有大起大落、暴涨暴跌的段落，而是一个“温和放量”的过程。那么，怎样才能做到并实现“温和放量”呢？重要在于去焦虑去浮躁、有耐心有定力。“温和放量”考验的是耐心，挑战的是沉静。“无论何人，若是失去了耐心，就失去了灵魂。”年轻干部对自己的成长要有足够的耐心，这是一种高尚的秉性，也是一种修养和修炼。好的人生需要“文火慢炖”，年轻干部成长需要细水长流，少一点焦虑、多一份淡定，少一点浮躁、多一份沉静，让耐心成就过程之美、成功之美和意志之美。做到并实现“温和放量”，关键在于去功利去贪欲、有目标有追求。“温和放量”贵在持续向上，难在不停步不停留。虽然每天放出来的成交量并不大、每个交易日的涨幅也都不大，但不知不觉中，已经呈现出阶梯状增量图，慢慢地向上走。年轻干部就是要稳扎稳打、脚踏实地，切忌突然间“飙升”“爆红”，只要私心杂念少一些，大公无私和公而忘私多一些，就不会被喧嚣所干扰。一个有大目标、大方向和大追求的人，一个有格局、有担当和有情怀的人，绝不在于一时一事、一城一池的得失进退，而是“风物长宜放眼量”，从长计议、志存高远。

股市上“温和放量”的真谛在于量增价升、稳步向上，年轻干部成长保持“温和放量”的意义在于不急不躁、不慌不忙，在于脚踏实地、行稳致远。

“赶时髦”也是对美好生活的向往

（原载《新华每日电讯》
二〇二二年三月二十八日）

在前不久的全国两会上，一位人大代表谈道，“赶时髦”是人们对美好生活向往的一种体现，应该加以鼓励。此言引起不少听者的响应，也让大家感慨系之、感触良多。

改革开放初，整个社会兴起过一波又一波的“赶时髦”，在“赶时髦”的过程中，不断带来生活上的新变化新气象。“赶时髦”也成了全社会追求创新创造、奋发向上的风向标。

然而，不知道从什么时候起，“赶时髦”又突然成了一个被诟病并多少带点贬义的词，似乎“赶时髦”就是出格、出风头，被贴上了不太好的标签。

其实，“赶时髦”体现了人们对美好生活的向往和追求。“赶时髦”原本意义就是追赶一种时尚，而时尚往往是最能贴近潮流、代表潮流和反映潮流的，是时代的晴雨表。人们对美好事物的追求、对美好生活的向往，有时集中体现在对时尚潮流的敏感度和热情度上。“赶时髦”赶的是时代前进的步伐，赶的是对美好生活的向往和追求。

“赶时髦”反映了社会对创新创造的宽容和包容。应该说，时髦的东西往往都是不够成熟和不太完美的。一般来讲，时髦的东西大都是过去没有而现在才有，或现在尚未普遍普及而未来可能会普遍普及，它的出现难免有这样那样的缺点、不足和瑕疵，难免会不被普遍认可、理解和接受。正因为如此，特别需要人们去正确看待、理性认知。一个社会的成熟度，常常体现在它对时髦事物的宽容度和包容度上。鼓励“赶时髦”，便是倡导人们对事物成长过程中出现的缺点乃至错误多一份理解、信任与支持，多一份包容。

“赶时髦”折射出人们对新生事物的好奇和兴趣。时髦的东西大都是新生事物，它刚“出炉”，很新鲜，而且香喷喷，人们因为对它不太了解，所以总是充满好奇，饶有兴趣，想知道个究竟、打探个明白。爱因斯坦有句名言：“兴趣是最好的老师。”对事物抱有浓厚的兴趣，便会充满热情、充满激情。人的兴趣从何而来？从好奇中来。好奇则会激发内心一种探求的冲动和欲望。推崇并鼓励人们一如既往地去“赶时髦”，就是鼓励人们保持内心深处那份最可宝贵的兴趣和好奇心。

当然，“赶时髦”不是“赶怪异”，创新不是一味地“花样翻新”，不能囫囵吞枣、良莠不齐。鼓励“赶时髦”，不是鼓励搞那些脱离实际、脱离群众、脱离时代的标新立异，而是鼓励和推崇去追赶那些引领时代潮流、符合大众意愿、具有强大生命力的新生事物。

谨防和远离「政治骗子」

（原载《学习时报》
二〇二二年五月二日）

最近，在中央纪委国家监委通报的傅政华、刘新云等贪腐案件中，披露了他们一个共同的问题，就是“长期结交多名‘政治骗子’，造成恶劣影响”。这一用词触目惊心、耐人寻味，既让人警醒，又促人深思。

顾名思义，“政治骗子”就是打着政治上的幌子，假借政治上的伪装，通过五花八门的骗子手法、伎俩、话术和套路，攫取政治、经济利益。从现实中看，他们中有的装模作样，把自己所谓的“背景”“来头”和“后台”搞得很大很硬，把“水”搞得很深，常常自称有特殊社会身份，要么“认识首长”，要么是“领导亲属”，掌握“稀缺政治资源”，让人觉得手眼通天、能帮大忙，可以“接天线”“攀高枝”；有的装腔作势，把自己“派头”搞得很大，把“关系”搞得很广，身边服务保障人员一大堆，说话口大气粗，举止颐指气使，动辄“摆平”，把什么都不当回事，有时还把不知什么场合、什么特定情景下的“被合影”或“题词”“手谕”之类的若明若暗地拿出来显摆和嘚瑟，把假的或半真半假的搞得像真的，营造出一种无所不能的假象；还有的装神弄鬼，专门揣摩心思、察人眼色，见人说人话，见鬼说鬼话，巧舌如簧、舌灿莲花，说话故意“说半句留半句”，搞得神秘兮兮；等等。“政治骗子”都是戏精，他们往往利用一些人的私心杂念或各种见不得人的贪欲，极尽忽悠之能事，让人深信不疑、愿者上钩。

“政治骗子”是一剂毒药、一颗毒瘤，结交“政治骗子”意味着陷入政治泥潭，跌入政治深渊。“政治骗子”既骗财，也骗取信任，并借此插手人事，拉山头、结圈子，搞结党营私、拉帮结派。这骗子那骗子，“政治骗子”最可怕，它是“危禁品”，是“定时炸弹”。一旦被捆绑，轻者自己上当受骗、万劫不复，重者毁坏政治生态、损害党的事业。这些人不但身败名裂，葬送了自己的政治生命，而且带坏了一批干部，污染了一方风气，危害甚烈，教训深刻。

结交“政治骗子”，说到底是一种政治幼稚病，是政治上的不清醒和不成熟，是典型的不讲政治。坚定理想信念，方能震慑“政治骗子”。“政治骗子”往往盯着那些理想信念脆弱的人下手，拿“三观”不正者开刀，但凡有真正信仰的人是有立场、有原则和有定力的，是不吃故弄玄虚那一套，不为花言巧语所蒙骗、所蛊惑的。始终保持清醒的政治头脑，保持一身正气，“政治骗子”就会望而生畏，就近不了身，自己也就系上了政治上的“安全带”。祛除私心杂念，方能排斥“政治骗子”。常言道：无欲则刚，无私无畏。心中不可有贼，私欲便是贼，一旦有贼，“骗子”就很容易与“贼”一拍即合、结伴而行。“物必自腐而后虫生”，“心中贼”最招惹“政治骗子”。少些私欲、多些纯粹，少些杂念、多些执念，“政治骗子”就望而却步，就进不了门，自己也就装上了政治上的“安全阀”。保持良好心态，方能屏蔽“政治骗子”。

苍蝇不叮无缝的蛋，心理消极、阴暗、颓废是“政治骗子”滋生的心理温床，远离那些“水”很深、“路”很野的人，始终保持昂扬向上、积极乐观、阳光坦荡的精神状态，“政治骗子”就望洋兴叹，就入不了心，自己也就装了政治上的“避雷针”。

“政治骗子”额头上没有贴标签，一眼看不出来，但他手头上拿着诱饵，可以识别得出来。谨防和远离形形色色的“政治骗子”，是政治成熟与否的试金石。

在基层一线发挥作用、增长才干

（原载《海南日报》
二〇二二年五月六日）

“党中央选派干部来自由贸易港挂职，既体现了党中央对自由贸易港建设的关心和支持，也是对干部的培养锻炼，要发挥挂职干部的积极作用，让他们在基层一线增长才干。”前不久，习近平总书记在海南考察时的谆谆教诲，既让挂职干部备受鼓舞，又为挂职干部发挥积极作用指明了方向，提出了新的更高要求。

挂职干部是一支有生力量，应该大有作为。挂职干部来自四面八方，为了一个共同的目标，走到了一起，虽然大家背景不一、专业不同、经历各异、经验不等，思维方式和思想方法也不一样，但普遍学历较高、视野开阔、思维活跃、知识多元，特别是有一股子气和一股子劲，而且敢想敢干，是朝气蓬勃、奋发有为的一批人。而海南自由贸易港建设，是党中央着眼于国际国内发展大局，深入研究、统筹考虑、科学谋划作出的重大决策，是一项前无古人的创新事业。尤其是当前，各项政策相继落地，海南发展热潮涌动，变化可谓日新月异，一些新领域、新课题、新实践亟待充满朝气活力的挂职干部去探索、去攻克、去开辟。蓬勃展开的海南自由贸易港建设，为广大干部施展聪明才智、实现理想抱负提供了舞台、搭建了平台。挂职干部要珍惜机遇、摆正心态、迎难而上，拆除思想认识上的各种藩篱，打破工作制度机制上的各类障碍，努力在新领域、新岗位找准位置、放下架子、扑下身子、干出样子，在火热的实践中发挥作用、实现价值。

投身基层一线是一种无悔选择，可以增长才干。刀在石上磨，人在事上练。基层一线到处是“吃劲”的岗位，经常有“吃紧”的事，要接触不少“烫手山芋”，钻不少“矛盾窝”，碰到过不少“急得像热锅上的蚂蚁”的时候。面对各种困难、挑战和风险，躲不了、避不开，有时只有硬着头皮、咬着牙关“顶”上去，练就遇水架桥、逢山开路的能力和水平，练就兵来将挡、水来土掩、独当一面的功夫和本领。基层一线工作辛苦、条件艰苦、生活清苦、心情酸苦，但“艰难困苦，玉汝于成”，很多干部在基层一线摸爬滚打，经风雨、见世面，在多啃“硬骨头”、多当几次“热锅上的蚂蚁”后，与群众打成一片，慢慢做到处变不惊、从容不迫，既干出一番业绩，也提高了自身能力。这也说明，基层一线既是一座大熔炉，锤炼意志品格，提高党性觉悟；又是一所大学校，可以向基层干部群众、向火热的社会实践读到“无字书”，学到书本外的丰富知识；更是一个大舞台，可以充分展示“腾挪躲闪”的十八般武艺；也是一个大摇篮，让年轻干部向阳而生、向上而长，培养出一批又一批党和人民需要的优秀人才。

在基层一线工作，是机遇，也是挑战。只要把责任举过头顶、把道义扛在肩上、把百姓装在心中、把名利踩在脚下，就能真正发挥作用、增长才干，让工作不断出活、出色和出彩，让人生在有限的时间里留下无限美好的回忆。

（《海南日报》刊发时标题为《在基层一线发挥作用增长杆》）

年轻干部『十比十不比』

（原载《学习时报》

二〇二二年五月十六日）

比是一种思想方法和思维方式。通过正确的对比，可以看到差距、找出问题、明确方向。但是，如果比得不得当，“跟谁比、比什么、怎么比”，没想清楚，比的结果就会大相径庭。对于那些不该比、不能比和无法比的非得去比，只会自寻烦恼，甚至会越比越泄气、越生气和越不服气，还会比出失落、沮丧和痛苦来；对于那些必须比、应该比和可以比的积极主动去比，则会越比越长志气、增底气、提硬气，比出积极性、主动性和自觉性来，比出干事业的动力来。所以，正确的比，才是我们提倡和需要的。

一是比奋斗，不比享乐。从本能上讲，人都是愿意过清闲日子的，喜欢优越的条件和舒适的环境。但是，天上不会掉馅饼。幸福生活不可能从天而降，也不可能坐享其成，得靠艰苦奋斗。人生离开了奋斗一钱不值，离开了奋斗一事无成，唯有今日的奋斗，才有来日的成就。比谁更努力奋斗，才能比出一股子劲和气，比出广阔的天地；享乐是黑洞，也是无底洞，贪图享乐、安于享乐，则奢靡颓废、意志衰退。奋斗是成功者的通行证，享乐是失败者的墓志铭。

二是比奉献，不比索取。奉献是一种付出和给予，背后折射出来的是一种无私精神。奉献的人生，才更有价值、有意义。人的价值与奉献是成正比的，奉献越大，价值越高，意义越大。然而，有的人似乎只想“得”不想“舍”，只管索取不愿付出，遇事学着偷懒，有责任风险的事更是避之、躲之。愿意奉献的人都有一种境界、格局、胸怀和担当，从大处讲是对国家和民族、对党和人民尽“匹夫”之责的体现，从小处讲是对集体、对他人和家庭爱的表达。只想着给别人碗里夹菜添饭的人，是愿奉献能奉献的人，受人尊敬；只顾着往自己碗里夹肉扒饭的人，是自私自利的人，被人唾弃。比奉献大，实现的是“大我”；比索取多，追求的是“小我”。

三是比本事，不比运气。面对他人事业有成或提拔进步，有些人往往习惯于把它归结为“运气好”或“机遇好”，有意无意地淡化和忽视他人的才干与努力，于是有的会感叹自己时运不济、生不逢时，或抱怨自己“点背”运气差，却不知道反思自己技不如人。决定一个人事业有成的，说到底还是实力和本事。即便是表面看似运气或机遇，那也是给有准备的人准备的。所以，要进步就得把心思和精力放在提升本领上，把苦功夫下在长本事上。本事大了、本领强了，“好运气”自然水到渠成。比本事，功到自然成；比运气，蹉跎一岁月。

四是比务实，不比虚名。人贵莫过实，切忌虚。年轻干部处于爬坡上升期，容易沉不住气、耐不住性子，容易心浮气躁、急功近利。“不积跬步，无以至千里；不积小流，无以成江海。”从点点滴滴做起，一步一个脚印，这才是应该有的务实态度。假的真不了，虚的长不了。不要去羡慕那些“假大空”的东西，搞虚浮、虚夸、虚假，终归会像五彩斑斓的“肥皂泡”，随风而去。比务实，心里踏实；比虚名，虚无缥缈。

五是比恒心，不比决心。年轻人遇事容易冲动、来激情，在亢奋之下口号喊得震天响，胸脯拍得啪啪响，决心表得慷慨激昂、铿锵有力。表决心、下决心是要的，但光有决心是不够的。“日日行，不怕千万里；常常做，不怕千万事。”毅力与定力、耐心与恒心、执着与坚持，才是年轻干部最可宝贵的意志品质，有了这种精神品质就没有干不成的事，也没有成不了的大器。

六是比老实，不比投机。做人最重要的品质是什么？一句话，还是老老实实、勤勤恳恳，说老实话、办老实事、做老实人。然而现实中，有的人总觉得老实人吃亏，他们看到有些人靠投机钻营、讨巧卖乖上位，靠会来事、能抹事得势，靠左右逢源、见风使舵得利，等等，于是也学着搞这一套。老实人最终不吃亏，即使吃亏也吃得心安理得，吃得踏实有底气，而搞投机钻营那一套或许能得利得势于一时，不可能得利得势于一世。比老实，活得潇洒明白；比投机，过得苟且偷生。

七是比简朴，不比奢华。简朴既是一种可贵的生活美德，也是一种高贵的生活方式。简朴意味着去浮华、远喧嚣，意味着淡泊宁静，还意味着无惧清贫，比谁甘愿简朴、享受简朴，实际上比的是一种生活态度和生活方式，比的是一种心境。小隐隐于野，大隐隐于朝。能在心浮气躁、追求奢华的环境里，始终保持简朴的生活是一种彻悟。简朴是回归，也是升华。所谓大道至简，就是如此而已。

八是比思想提升，不比职务提拔。一个人最好最大的进步是什么？在常人眼里或世俗眼中，职务上的提拔重用似乎是最重要的价值标准。然而，一个人进步与否，职务提拔是重要参数，但职务提拔绝不是唯一标准，从一定意义上讲，思想提升更为重要。事实上，有的人职务上去了，思想道德水准却没跟上，不但工作很吃力，也难以服众，最后也因为德不配位摔得很重。思想上的提升是无限的，可以活到老提升到老，永远在路上，它带来的愉悦是永恒的。比思想提升，永无止境、其乐无穷；比职务提拔，永不知足、失落常随。

九是比行稳致远，不比快跑高飞。这些年，“眼看他起高楼，眼看他宴宾客，眼看他楼塌了”的人和事屡见不鲜、时有所闻。事实一再说明，健康平安、行稳致远，才是人生最大赢家。关注你的人往往看你跑得快、飞得高，关心你的人则更加在乎你行得稳、走得远。现实中，有的人在所谓“成功的赛道”上一路狂奔，但把控不了节奏和“车速”，陶醉在鲜花和掌声中飘飘然、昏昏然，结果飞得高摔得惨，竹篮打水一场空，成了绚烂的烟花，昙花一现、匆匆收场。在成功的道路上，少比快慢、多比稳健，少比高低、多比好坏，真正的高质量成长是行稳致远。比行稳致远，才能笑到最后；比快跑高飞，图的是瞬间灿烂。

十是比努力“背影”，不比家庭背景。一个人的成功，个人努力是内因，起决定性作用。然而，有的人并不这么认为，他们总是顾影自怜、自怨自艾，抱怨没有家庭背景、关系后台。家庭背景不是可以自主选择的，它与生俱来，不可造就，但愿不愿努力，是自己可以说了算的。背景是靠不长、靠不住和靠不牢的，背影是相伴而生、与生俱在的。家庭背景，比不了，也不可比；努力“背影”，却可以大试身手，比个高低。

常言道：“人比人，气死人。”那是因为在“跟谁比、比什么、怎么比”上出了问题。只有经常把那些先进模范、无名英雄、普通劳动者作镜子和尺子，多照照、多比比，才会有更正确的方向，心里才会有更多的平衡，才会保持健康心态，升腾起奋进的力量。

年轻干部『八争八不争』

（原载《学习时报》

二〇二二年六月十三日）

在日常的工作、学习和生活中，正确的竞争成就事业、成就价值和成就人生。然而，有的东西是可以积极争取、努力争取的，有的却是不可以争，也争不到的，如果一味去争那些“不该争、不能争和争不到”的东西，既自寻烦恼、枉费心机，又徒劳无功、事与愿违。所以，想清楚、弄明白都有哪些“争与不争”尤为必要。

一是争贡献，不争回报。人的价值集中体现在贡献上，大到为党、国家和人民，小到为集体、他人和家庭，贡献青春、贡献才智、贡献力量，及至贡献生命，贡献越大，价值越大。当然，人的能力有大小，贡献也有大小，只要努力去做一个有贡献的人，就是一个有价值的人、一个了不起的人。一个真正做贡献的人，心里不在意有没有回报和有多少回报。那些为了党和人民利益无私奉献的人，那些为了国家和民族大义隐姓埋名默默付出的人，从一开始就不是为了求得回报而工作的。争贡献是一种无私的价值追求，不求回报是一种无我的胸怀境界。

二是争先进，不争荣誉。争上进是人的一种本能。在本职岗位上“争先创优”、争先恐后，当先进、做标兵是上进心的生动体现，谁都不想也不愿当落伍者落后生。当先进，是光荣的，它本身便是一种荣誉，但当先进也是很累的，要时刻面临后面“追兵”的追赶。所以，对于荣誉顺其自然，不给不要、不图不争，这是先进者的一种境界和胸襟。见先进则见贤思齐、奋勇争先，是一种向上向善的精神状态；见荣誉却谦让、礼让和退让，是一种让人肃然起敬的品德和修养。

三是争作为，不争地位。人得有所作为，这样才有成就感和幸福感。想要有作为，既要有本事，也要有平台，更要去奋斗，三者不可或缺，这都离不开努力。所有事业都是干出来的，所有幸福都是奋斗出来的，这得积极主动地去争取。争谁对国家和社会有更大的作为，谁发挥出了更大的作用，谁的人生才有更大的价值，有为自然有位。职位当然重要，但不可强求，影响力、被需要也是“位”，这些“位”都不是争来的，而是干出来的。争来的位置，别人看不上、看不起；干出来的位置，别人心服口服。

四是争气，不争斗。从一定意义上讲，人活着就是为了争一口气。问题在于，人靠什么争气？当然不是靠嘴巴吹出来，也不是靠斗气、赌气和撒气得来，而是既靠实力，又靠实干，才能争来。对歪风邪气、不良倾向要斗争，但斗争不是争斗，这是善于斗争的应有之义。争斗更多只是图一时的口舌之快，解一时的心头之气。争斗非但解决不了问题，反而使问题变得更加尖锐复杂。争气打开海阔天空之路，争斗逼得自己走入死胡同；争气是强者的阶梯，争斗是弱者的拐杖。

五是争得人心，不争得票数。人心是最大的政治，应该把得人心作为最高的价值追求，作为毕生学习的大功课。这奖那奖不如群众的夸奖，金杯银杯不如群众的口碑。要让群众满意，得先让群众受益；要让群众说好，得先干部干好。要想赢得人心，说到底就是领着群众一起干，让群众过上美好幸福的生活。这是硬道理，也是最简单朴素的道理。千方百计争得票数，势必为了票而充当老好人，笼络人心；势必不敢担当，偷奸耍滑。

六是争本领高强，不争强好胜。谁本领高强，谁干事和干成事的概率则更大。本领就是本事和本钱，是人的“硬核”。刀在石上磨，人在事上练。经常在本领上相互学习、相互切磋，形成“比学赶超”的竞赛氛围，多赛出些“政策通”“活字典”“一口清”，练就人无我有、人有我优、人优我强、人强我特的绝活和看家本领，就能“叫干啥便干啥，干啥便能干出色”。争强好胜就是时时显厉害，事事都逞强，有时甚至是处处“打肿脸充胖子”。

七是争里子，不争面子。人活在世上，有的活成了面子，有的活成了里子，而只有里子，才能赢得真正的面子。所以，重点在于要去争里子，不断壮大自己、做强自己，真正让你活得有尊严、有体面的不是面子，而是里子。争里子，不去争面子，面子自然有；争面子，不顾里子，面子不可持续、不长久。

八是争平时，不争“评时”。把争先赶超的功夫和精力用在日常、放在平常，才是一种合理的状态。然而，有些人却似乎不是这样，平日里“做一天和尚撞一天钟”，可到了年终岁尾总结时、评先评优关键点、提拔使用紧要处等便跳出来，与人争得脸红脖子粗。优秀的人心思放在平时而不是“评时”，优秀不优秀平时表现得出来，也看得出来，到了“评时”自然众望所归、水到渠成。而“评时”靠拉关系、找门子、用手段、耍心计，搞“临时抱佛脚”那一套，可能会一时起点作用，但总归糊弄不了多少人，毕竟“群众的眼睛是雪亮的”。“评时”是平时的反映，平时影响乃至决定“评时”，把比拼的心思和精力多用在平时而不是“评时”，才是正道。

年轻干部要保住『早节』

（原载《人民日报》
二〇二二年八月十六日）

九层之台，起于累土；千里之行，始于足下。对于一些年轻干部刚成为单位骨干或走上领导岗位就陷入贪腐的情况，习近平总书记曾深刻指出："不是晚节不保，而是早节就没保住。"为官从政，起步和开始十分重要。年轻干部要成长为党和人民忠诚可靠的干部，必须扣好廉洁从政的"第一粒扣子"，守住守牢拒腐防变防线。

一段时间以来，少数年轻干部"前脚刚踏上仕途，后脚就走入歧途”，才起步便摔倒，令人叹息。事实表明，腐败不分年龄。在2022年春季学期中央党校（国家行政学院）中青年干部培训班开班式上，习近平总书记强调：“年轻干部必须牢记清廉是福、贪欲是祸的道理，经常对照党的理论和路线方针政策、对照党章党规党纪、对照初心使命，看清一些事情该不该做、能不能干，时刻自重自省，严守纪法规矩。”语重心长的叮嘱，警醒广大年轻干部心存戒惧、守住底线，切不可铤而走险、以身试法。

务必注重防“小”。“千里之堤，溃于蚁穴。”俗话说，针尖大的窟窿能漏过斗大的风。小洞不补，大洞吃苦，日积月累、积少成多，今天的一点小问题，或许就会成为明日的大麻烦。小事不可小视，小节不可失节，必须不弃微末、防微杜渐，做到慎微、慎初、慎独，建“防火墙”、设“隔离带”，坚决把“小火苗”挡在门外。

凡事贵在抓“早”。早发现、早纠正，早诊断、早治疗，可谓直面问题、解决问题的有效方法。这就需要经常进行自我体检，不被不良习气侵扰，不让私心杂念丛生，勇于从鲜花和掌声中走出来，敢于从“围猎”中突围出来。抓早、早抓，便可及时止损。应始终保持踔厉奋发、笃行不怠的精气神，坚持扬正气、走正道，守住拒腐防变的防线。

在“严”“实”上久久为功。年轻干部从一开始就得想清楚、弄明白从政“为什么、干什么、留什么”，就得有大目标、大方向、大原则，而且一旦确定下来就要毫不动摇坚持下去。坚定理想信念，拧紧世界观、人生观、价值观这个“总开关”，既严以修身、严以用权、严以律己，又谋事要实、创业要实、做人要实，让“严”与“实”成为自己人生的主基调，未来才能收获更好的成长。

今年2月，中共中央办公厅印发的《关于加强新时代廉洁文化建设的意见》明确指出：“要培养廉洁自律道德操守，引导领导干部明大德、守公德、严私德，把廉洁要求贯穿日常教育管理监督之中，把家风建设作为领导干部作风建设重要内容。”年轻干部是党和国家事业发展的希望，扣好廉洁从政的“第一粒扣子”，勤掸“思想尘”、多思“贪欲害”、常破“心中贼”，守住政治关、权力关、交往关、生活关、亲情关，保持共产党人本色，方能行稳致远。

（《人民日报》刊发时改标题为《扣好廉洁从政的“第一粒扣子”》）

做人做事做官「十要十不要」

（原载《秘书工作》
二〇二二年第六期）

做人做事做官，有很多边界和围栏，不可以出格、越界，一旦出格、越界，则意味着出事和出局。在那些非对即错的选择面前，要做好选择题。选择对了，便是在做正确的事；而选择错了，停步就是进步、拐弯就是止损。以下这“十要十不要”当细思量、慎行之。

要讲是非，不要挑是非

人间总有是是非非，但更有公道正气。是非曲直、对错好坏，是任何时候、任何情形下都必须弄明白的首要问题。人一定要有正确的是非观，不能模棱两可，不能态度暧昧，更不能颠倒黑白。讲是非的人，公道正派、襟怀坦荡，有大原则、大方向和正义感；而搬弄是非的人则恰好相反，他们心计多、私心重、格局小，喜欢“嚼舌根”、玩伎俩，像根“搅屎棍”，经常煽风点火，搞得乌烟瘴气。

是非是个旋涡，讲是非者可以立旋涡而不动，挑是非者必定被旋涡卷走。一个地方或单位，如果讲是非的人多了，则风清气正；挑是非的人多了，“庙小也妖风大”。倡导讲是非，反对挑是非，方才心齐气顺、劲足风正且人和。

要做老实人，不要做老好人

说老实话、办老实事、做老实人，这是做人最可贵的品质。

毋庸讳言，在一些地方或单位，仍然存在做老实人不吃香、不招人待见的现象。在有的人眼里，老实意味着无能、无用，甚至还有可能陷入受累又受气、流汗又流泪、吃苦又吃亏的境地。但长远来看，老实人不会被辜负，终归不吃亏，也终归会有用。

而老好人就不一样了，表面上看老好人的“不说话、说好话、好说话”可能蒙蔽人，赢得一些所谓的好人缘，并且左右逢源、游刃有余。但老好人的圆滑、世故、讨巧，特别是没原则、不担当，迟早会遭人嫌弃、厌烦并唾弃。做老好人或许会得利得势于一时一事，但做老实人必定赢得人心和口碑。

要靠团队，不要靠团伙

“一个好汉三个帮”“众人拾柴火焰高”，说的都是团队的力量和作用。干工作，特别是做一些难度大、矛盾多、情况复杂的爬坡过坎的工作，更得集思广益、群策群力，充分调动和发挥大家的积极性、创造性。有事商量着办，有事靠大家办，就没有办不成的事。

团队靠什么来聚拢？靠事业、靠感情，但不能也不该靠江湖义气，否则就会演变成团团伙伙。团伙是靠不住的，也容易出事。团伙就是搞团团伙伙、拉帮结派，搞山头主义，结小圈子。团伙大多是乌合之众，为一时利益而结团，讲的是哥们义气，行的是江湖之道。团队是命运共同体，有着共同的价值追求，经得起严峻考验；团伙是利益结合体，彼此利害攸关，利尽则人去，树倒猢狲散。

要常“回头看”，不要走“回头路”

“回头看”是一种总结和复盘，就是看看自己一路是怎么走来的，都有哪些经验教训，有哪些成败得失。“回头看”的目的，既在于看清楚来时的路，又在于看明白要走的路。“吾日三省吾身”，常“回头看”，会越看越清醒、越看越自觉。

然而，可以常“回头看”，却不可以走“回头路”。人们常说“世上最咽不下的是后悔药”，走“回头路”好比吃后悔药。世上很多东西是一去不复返的，即便有重来的机会，却已经物人皆非了。从这个意义上说，走“回头路”，既没必要，也无意义。常“回头看”可以寻找新路，走“回头路”意味着没有出路。

要出风采，不要出风头

人活着的意义无非为了干得出彩、过得精彩，活出尊严与体面来。现实中，靠什么出彩？一靠矢志不渝的奋斗，二靠对机会的把握。每个人都应该珍惜人生出彩的机会，把握住了，把本事发挥出来，也就崭露头角。

出彩不是出风头，越是出彩的时候，越要谦虚谨慎，越要“夹着尾巴做人”。出风头就是喜欢抛头露面，是一种显摆和嘚瑟，在飘飘然中忘乎所以。出风采，易成一道风景；出风头，易成众矢之的。出风采不出风头，才能实现人生价值，彰显人生意义，让人生大放异彩。

要“过得硬”，不要图“过得去”

工作、学习和生活中有两种截然不同的态度，一种叫“过得硬”，一种叫“过得去”。过得硬就是说话办事经得起检查检验，踏实牢靠，值得信赖。凭什么过得硬？说到底，一凭过硬的本领，二凭过硬的作风。本领过硬做事才能“拿得下”，作风过硬，干活才能“出得手”。追求“过得硬”就得精益求精、一丝不苟，坚持高标准、严要求，有时甚至严到跟自己过不去。

相比之下，只图“过得去”却不一样，表现总是马马虎虎、松松垮垮，凡事满足个“大概其”、知道个“差不多”就完事了。“过得去”的人，只管“差不多”，不管“差多少”。这种“交差”心理，迟早要“交学费”，总有一天会“过不去”。

要合群，不要合污

人是社会关系的总和，不是生活在真空里。生在人世间，就得融入社会、感受人间烟火，尤其是要融入普通老百姓，穿平常衣、吃家常菜、说家常话，与群众其乐融融。合群，合的是健健康康、清清爽爽的“同志群”，更合的是老百姓这个“大众群”。合群才能与群众打成一片，才能把支持自己的人“搞得多多的”，才能团结更多的人，把群众工作做得更好。

然而，在与人打交道时，对于那些“私我者”“畏我者”和“欲有求于我者”，得保持一份清醒和自律。特别是对于“围猎”者和别有用心之人，更应该保持警觉和定力，不给他们勾肩搭背的机会，活出自己的风骨和清高来。能合群考验的是智商和情商，不合污挑战的是底线和定力。

要做帮手，不要做帮凶

遇事搭把手、给把力，做个好帮手、好助手，这是经常会碰到的情形，也是做人的一种本分。特别是当他人面临危难之际，扶人于即倾、救人于将覆功德无量。然而，做帮手也是有原则的，并非什么人、什么事都可以不问是非就出手相帮，而且一帮到底。

现实中，当有可能善良被出卖、爱心被绑架时，不可以执迷不悟；当明知帮人等于害人时，不可以磨不开面。不及时止损，就会不断演绎现实版的“农夫与蛇”的故事。帮手演变成帮凶，说到底是原则的丧失和是非观的扭曲。当帮手成了帮凶时，那就是在助纣为虐、为虎作伥。

要有所不为，不要为所欲为

人得从实际出发，根据主客观条件及其变化，分清并确定什么事可为、什么事应暂时不为、什么事绝对不可为。倘若分不清，要么事与愿违、遭受惩罚，要么无所作为、一事无成。

选择有所不为，是因为“天时地利人和”等主客观条件不具备或不完全具备，可以暂时“放一放”，不可以蛮干、硬干，等条件具备或成熟了再起炉灶，这不失为一种认知清醒和行动自觉；选择为所欲为，则是不识时务的表现，是对形势与任务、事物与特点的茫然无知。事实上，任何随心所欲、逞性妄为都是要栽跟头的。

要“切一刀”，不要“一刀切”

“切一刀”就是在某件事或某个问题上做一个规定，采取一个共同的标准和尺度，大家都一视同仁，按规定办事。“切一刀”是一种有效的工作方法，体现的是一种公平公正。然而，有时候有些事情处理起来还得从实际出发，具体情况具体分析、具体对待，不可以上下一般粗，甚至不分青红皂白，无差别、无区别地对待。俗话说“一把钥匙开一把锁”，有时就得一人一策、一事一法，讲究精准，这样才有力有效。

“一刀切”容易，“切一刀”难；“切一刀”是经验，“一刀切”是教训。“一刀切”是一种简单粗暴的思维方式和工作方法，是懒政惰政的表现，是官僚主义做派，要不得、不可取。

以上“十要十不要”，多数是一字之差，可一字之差的背后是一念之差，“一字”“一念”结果大相径庭甚至南辕北辙。坚持正确的、合理的，远离错误的、悖谬的，则做人有正气、做事有正义、做官有正途，可以始终昂首阔步行走在阳光大道上。

正确看待『隔路的人』

（原载《学习时报》

二〇二二年七月十八日）

前不久，有段关于辽宁省营口市中级人民法院原院长王永恒的警示视频，披露了这名落马官员的贪腐心路，他说，你收人钱了，人家觉得你是自己人，跟他一条心。不收钱是两种，一是你防范，二是你这人“隔路”。我也到营口这么多年了，别做“隔路的人”。这套说辞当然是落马官员的借口，不必完全听信。但对于所谓“隔路的人”，却有必要具体辨析，以正视听，以免被错误的思想认知误导，甚至以讹传讹。

东北话里有一种说法，把那些看似“不合群”“有个性”或行事风格与众不同、清高、特立独行的人说成“隔路的人”。现实中，到底该不该做“隔路的人”？如果可以，该做怎样“隔路的人”，又该怎么去做？

对于“隔路的人”，要两面说、得具体看。“隔路的人”，说直白点指的是那些不同类的人、不是一路人，总是“隔”着一层、“防”着一点，有一种距离感。党的干部是要全心全意为人民服务的，与群众保持最密切联系，走到并站在最广大人民之中天经地义、理所当然，与人民群众不能、不该也无法“隔路”，必须经常走近更得走进群众中去，与他们广交朋友，融为一体。人民作家柳青扎根农村14年，与家乡农民融为一体，穿农民的衣服，剃农民的光头，看起来“比农民还农民”，以至于他站在一群农民老汉中人们都分辨不出来。任何时候、任何情况下都要与人民群众“端端地”坐在一起、打成一片，同行同向、同心同德，成贴心人、暖心人、知心人，做同路的人。然而，对于那些搞歪风邪气、歪门邪道的人，特别是那些有贪腐行为的人，不但要“隔路”，而且还要隔得远远的，就是要永远搞不到一块儿去。

与各种搞歪门邪道和有贪腐行为的人“隔路”，是一种原则和立场。在是非、对错及好坏面前，人要有自己的原则，香的就是香的，臭的就是臭的，不能是非不分、黑白颠倒。现实中，有的人被私心杂念裹挟，被各种欲望诱惑，结果“吃人家的嘴软，拿人家的手短”，成了“酒杯一端，政策放宽”，原则丢了一地，立场荡然无存，成了沆瀣一气、狼狈为奸的一伙人。是非对错面前有态度、讲原则，取决于对客观事物有正确的认知，各种歪门邪道、歪风邪气和贪腐行为是错误的，是与党和人民利益背道而驰的，与他们决绝是大原则、硬立场，不可暧昧，不能混淆。

与各种搞歪门邪道和有贪腐行为的人“隔路”，是一种清醒和自觉。人是社会关系的总和，每个人都生活在一定的社会环境之中，都得与各种各样的人打交道，难免会有千丝万缕的联系。但是，应该清醒地认识到，“我们来自五湖四海，为了一个共同的目标，走到了一起”，“共同的目标”是维系彼此的纽带，本应该清清爽爽、干干净净、明明白白，无须走得太近、打得火热，甚至拉拉扯扯，结成小圈。在与人相处时保持一定距离，不但产生“距离美”，更重要的是少了些是是非非，少了些“瓜田李下”。

无论为官做人，就是要有这种自觉、这种意识。

与各种搞歪门邪道和有贪腐行为的人“隔路”，是一种清高和风骨。对于手中握有这样那样公权力的领导干部来说，“围猎”的风险时刻存在，对于“私我者”“畏我者”或“欲有求于我者”，就是要保持警觉。公权在手意味着不是谁都可以勾肩搭背、称兄道弟的，应该活出自己的清高和风骨来，不怕人家说自己太“清高”，不怕人家说自己不近人情，尤其是面对那些“污泥浊水”，得出污泥而不染。人可以合群但不可以合污，要合健健康康、清清爽爽的“同志群”，合老百姓“大众群”，让清高和风骨成为一道防火墙，成为一道屏障。

“咬定青山不放松，立根原在破岩中。千磨万击还坚劲，任尔东西南北风。”与各种搞歪门邪道和有贪腐行为的人“隔路”，是需要点勇毅、果敢和笃定的，也是可以“任性”的，有时就是要特立独行、我行我素。不为“七情六欲”所惑，不惧闲言碎语所迫，方可行稳致远、不断前行。

做人做事做官新『十要十不要』

（原载《秘书工作》
二〇二二年第八期）

此前，《做人做事做官“十要十不要”》对做人做事做官讲了一些边界和围栏。这些边界和围栏不但需要守住，而且还需要不断加固。鉴此，再续新的“十要十不要”，以飨读者。

要用心思干事，不要用心眼干事

干事者，不外乎有这样四种状态，即有心无力、有力无心、无心无力和有心有力。有心无力和无心无力者干不成事，而有力无心者干不好事，我们需要的是那些有心有力者。

用心不用心干事，产生两种截然不同的状态和结果。用心干事的人，能够做得到心中有数、脑中有事、眼里有活、脚下有路，心思和精力都扑在工作上，都在思考和琢磨问题，有的甚至到废寝忘食、茶饭不思的程度。这是一种非常难能可贵的精神状态。

然而，有一种人也在“用心”，但他用的是心眼、用的是心计，专琢磨人而不琢磨事，考虑的是个人名利得失而不是工作好坏、事业成败，有的甚至整天在那儿苦心经营、机关算尽，耍手段、搞诡计等。是用心思还是用心眼，格局、境界和胸襟高低立判，前者大公无私、公而忘私，让人敬佩；后者私心杂念重，名利当前一马当先，让人鄙视。用心思干事干好事，用心眼干事干坏事。

要死讲理，不要讲死理

世上的道理、真理都是用来讲的，不是用来当摆设的。要敢讲、会讲、善讲道理，道理越讲越明、越讲越透。

然而，现实中不少人往往不敢、不愿、不会和不习惯讲道理，经常是一个“怕”字当头。说到底还是所掌握的道理立不住、不过硬，理屈才会词穷。事实表明，只要道理是经过实践检验正确的，就要理直气壮、旗帜鲜明地亮出来，不暧昧、不躲闪、不退缩。

要学会用大道理管小道理，用正道理管歪道理。道理越辩越明，有时就得学会辩论，敢于“死磕”，在辩论中以理服人。但是，经过实践检验是错误的或行不通的所谓“道理”，切不可抱残守缺、故步自封。对于那些过时的落后的道理、对于那些封闭半封闭的只是用以自娱自乐的道理、对于表面上看有理但经不起推敲的道理，都得善于扬弃，做到执着而不固执，死讲理而不讲死理。死讲理，英勇无畏；讲死理，愚昧可畏。

要善读书，不要死读书

把读书作为一种生活习惯和生活方式，是一个人成就自我、迈向成功的重要阶梯。读书须讲究方法，要读得巧、读得实、读得深，懂得取舍，注重思考，不做书呆子。

现实中，有的人热衷于“读坏书”，沉溺于歪理邪说、旁门左道；有的人习惯“读死书”，以至于脱离实际，毫无生气；还有的人沉浸于“死读书”，总是机械式、教条式地读书。读坏书、读死书、死读书还不如不读书，因为受害更深，难以自拔。

读书是一门艺术，一定要善读、读活，不善读而是死读，则有可能把人读愚、读傻、读痴、读死。多读书、善读书是一种积极向上的价值追求，死读书、读死书是一种东倒西歪的精神状态。

要学会经营，不要只想钻营

经营考验你的洞察力，是不是一个“识时务者”，能不能看“桅杆”，会不会洞若观火、窥斑见豹、落叶知秋；经营挑战你的塑造力，营造有利于发展壮大的态势、有利于蒸蒸日上的局势。经营有道，亦有术，用心用力用情去一点一滴地累积，正所谓苦心经营。

钻营则不同了，它是投机者的嗜好，削尖脑袋、无孔不入。大凡钻营者，都是为了个人名利，要尽小聪明、使尽小伎俩、用尽厚黑学，极尽巴结、依附、贴靠之能事，达沽名钓誉之目的。经营走的是正道大道，钻营行的是歪门邪道。

要去黏事，不要去黏人

黏事就是把整个心思和全部精力放在工作上、投入事业中。现实中，有的人把工作当成事业来做，甚至当生命来对待，而有的人只是把工作当成一种职业，甚至当成一种副业，不同的态度影响乃至决定了事业的成败，也折射出不一样的格局、境界和胸怀。

黏事的人就是把工作当事业、当生命来对待，干一行、爱一行、精一行，成了行业领域里的“政策通”“一口清”，成为单位里抢手的“香饽饽”。黏人的人，以贴靠和攀附上级领导为生存哲学，极尽阿谀奉承之能事，达到其目的。要黏事，不黏人，无风险、无公害，利事业、利成长。

要懂得选择放弃，不要放弃选择

哲人说，学会放弃，人生就是活明白了。人生一大失败，就是该放弃时不舍得放弃，总是那么纠结，左顾右盼、患得患失。有时暂时的放弃，或许是最好的也是最大的获得。选择必要的适时的放弃，需要着眼未来、着眼全局的战略思维，更需要审时度势，需要当机立断的果敢、胆识和勇气。

放弃选择的人，总是那些瞻前顾后、前怕狼后怕虎的人，是那些鼠目寸光、只盯着眼前利益的人，是那些害怕尝试、畏惧创新创造的人。人可以有过错，但不可以错过。选择的“窗口期”往往转瞬即逝、不可再来，宁可因为无悔的选择而一时犯点错，也不可因为不去做出选择而追悔莫及、遗憾终生。

要反对盲目，不要盲目反对

盲目是会害人误事的，轻者让人自以为是、刚愎自用，重者让人一头栽到错误的泥潭里而不能自拔。对于盲目，是必须坚决反对、坚决摒弃的。盲目的天敌是科学，所以反对盲目的最好方法就是讲究科学。为了让我们的工作更加科学一点，就得多加强学习、注重调研，掌握大量的实际情况；就得多发扬民主、集思广益，拜群众为师，走好群众路线；就得多依靠法治，运用法治思维，养成依法办事的好习惯；等等。

我们既要反对各种各样的盲目主义，还要防止被盲目主义所裹挟，用盲目的方法去面对那些我们需要反对的东西。就像盲人摸象，如果用这种方法去处理事情，很可能把正确的东西搞错了，甚至反对掉了。

要大智若愚，不要大愚若智

有一种大智慧叫大智若愚，有一种小聪明叫大愚若智。前者胸有千壑，才智很高却不动声色、不露锋芒，表面上看好像愚笨，这是一种修养、涵养；后者没有多少真才实学，没有多少货色，却一副十分聪明的样子，只会瞎卖弄。

做大智若愚的人，懂得深藏不露，学会抱朴守拙，已是心头洞明却沉静似水。老子曰：“君子盛德容貌若愚。”人至察则无徒，人不能太过精明，平时糊涂一点，给人留有余地。大智若愚和大愚若智都是一个藏字，前者藏出了境界，后者的藏却是“半瓶水晃荡”。

要做而论道，不要坐而论道

什么样的人最有资格去论道？怎样去论道？从理论来到理论去，从概念到概念，终归有很多难以避免的短板。实践需要理论联系实际的“论道”，更需要从实践中来到实践中去，让有实践经验的人来讲理论、来交流思想，更接地气、更务实、更管用。一切不解决矛盾和问题的“论道”，都是空洞、苍白无力的。

做而论道是一种好形式，它用事例、体会来讲道理，用人们更易接受的语言，让人听得懂、记得住、用得上。做而论道多一点，坐而论道少一点，到火热的生活中去，扑下身子虚心地向实践求真知、在基层取真经、到群众中听真话，所有的“道”会豁然开朗。

要“抓一把”，不要“一把抓”

任何事情，抓与不抓不一样、抓多与抓少不一样、抓紧与抓松不一样。“抓一把”和“一把抓”，主要厘清的是“怎么抓”的问题。

“抓一把”就是要抓住和突出重点，以抓铁有痕的精神扎扎实实地去落实。抓一把是责任和使命，又是作风和方法。但是，抓一把绝不是事无巨细搞大包大揽，不是芝麻西瓜一起捡，把抓一把变成了一把抓。

“一把抓”既突出不了重点，又很有可能“种了别人的地，荒了自己的田”，还会影响和挫伤大家的积极性、主动性、创造性，不可取不可用。抓一把是量力而行，一把抓是自不量力。

“要”的方面坚持不懈、久久为功，“不要”的方面坚决克服、敢于摒弃，则做人有新形象、做事有新景象、做官有新气象。

『坚定斗争意志』始终保持

（原载《学习时报》

二〇二二年八月十七日）

当矛盾、问题和困难不期而遇，当风险、挑战和考验突如其来，当恶意、挑衅和滋事不可改变，斗争是必要也是必须的选择。这种斗争，既需要强烈的斗争意识，又需要过硬的斗争本领，还需要顽强的斗争意志。

习近平总书记在省部级主要领导干部“学习习近平总书记重要讲话精神，迎接党的二十大”专题研讨班上的重要讲话中强调，“增强忧患意识，坚持底线思维，坚定斗争意志，增强斗争本领”，具有鲜明的针对性和现实性，应当悉心领悟、学思践行。

意志是一种心理品质，更是一种精神状态。常言道：“狭路相逢勇者胜。”勇者之“勇”，说到底是意志坚定的折射，也是意志顽强的表现。从一定意义上讲，斗争越是到最后，越是到关键节点，越是到较劲碰硬、刺刀见红的时候，拼的就是一种意志。斗争意识解决的是“有没有”，斗争本领解决的是“会不会”，斗争意志解决的是“敢不敢”。意志坚定顽强，则能克服一切困难而不屈服于困难，战胜一切敌人而不被敌人所压垮。现实中，一些人对具有许多新的历史特点的伟大斗争长期性、复杂性、艰巨性的认识停留在一知半解上，时不时被目光短视带偏向、被杂音嘈音带节奏、被心浮气躁带情绪，特别是缺乏战略定力和历史耐心，败就败在关键节点“挺不住”，输就输在最后阶段“熬不起”，倒就倒在刺刀见红时“傻了眼”，垮就垮在眼花缭乱中“慌了神”，以至于有的倒在了“最后一公里”，有的被“最后一根稻草”压垮。斗争是一门学问，也是一种艺术；斗争是磨刀石，也是试金石。坚定斗争意志就是要有无坚不摧、坚韧不拔的“钢铁般”的决心，有愈挫愈奋、顽强不屈的“弹簧般”的勇气，有一鼓作气、誓不罢休的“钉子般”的作风等等。有了这般意志力，就没有过不去的坎、攻不下的城、办不成的事。

坚定斗争意志从何而来？它来自斗争的正当正义性。斗争意志不是凭空而来的，它有根基，这个根基就是对我们所进行的斗争性质的认知。我们正在进行具有许多新的历史特点的伟大斗争，是顺应大势的斗争，是正当正义的斗争。尽管它的阶段性特征有各种各样的表现，发展的过程中也会有一些曲折变化，甚至挫折和失利，但它始终站在历史正确的一边、站在人类进步的一边的性质没有变也不会变，所以它自然地站在了人类道义的制高点上。看到并看清了这一点，斗争意志也就坚如磐石。它来自斗争的必胜性。“得道多助，失道寡助。”大的逻辑必定是这样：因为你坚定地站在道义的制高点上，因为你所进行的斗争是正当正义的，所以响应并支持和拥护你的人必定是多数的，胜利的曙光也必然会有一天照耀在你的前方，这是不以任何人的意志为转移的大趋势。斗争是要有信念来支撑的，这种信念说白了就是得弄明白为谁而斗争、为什么而斗争。特别是面对突如其来的新冠疫情，我们坚持人民至上、生命至上，开展抗击疫情人民战争、总体战、阻击战，最大限度地保护了人民生命安全和身体健康，统筹经济发展和疫情防控取得世界上最好的成果。有了信念，也就有了一股气，气鼓起来了，也就可以一鼓作气，赢得斗争的最终胜利。

当前，世界百年未有之大变局加速演进，世界之变、时代之变、历史之变的特征更加明显。我国发展面临新的战略机遇、新的战略任务、新的战略阶段、新的战略要求、新的战略环境，需要应对的风险和挑战、需要解决的矛盾和问题比以往更加错综复杂。我们要始终保持“坚定斗争意志”，依靠坚定斗争一仗接着一仗打，依靠顽强斗争打开事业发展新天地。

为宏伟而朴素的目标勇毅奋斗

（原载《学习时报》
二〇二二年九月九日）

“我常说，我们的目标很宏伟，也很朴素，归根结底就是让全体中国人民都过上好日子。”这是习近平总书记在与外国领导人视频会晤时说的一番话，让人动容动情又动心，既明白又透亮，既温暖又鼓舞。

走在前行的路上，目标很重要。目标是灯塔，照亮前程；目标是方向，指引征途。目标既有长远的，又有近期的，它可以预见，又可以预期，应该是可以“跳起来摘”的“桃子”。习惯把目标说得高不可攀、高深莫测，实不足取。目标说得过于高冷空洞，就脱离实际、缺乏温度、虚无缥缈、遥不可及。我们所向往和追求的目标应该朴素而简单。朴素的目标不粉饰、去雕琢，不花言巧语、不哗众取宠，它通俗易懂、简洁明了，它直白质朴、务实管用，它可追可及、可亲可近。“让全体中国人民都过上好日子”，贴近群众、温暖人心，它更接地气、带露珠、冒热气，更易被接受、走入寻常百姓家，让广大百姓听得懂、记得住、感受到。

“让全体中国人民都过上好日子”是宏伟而朴素的目标，体现了中国共产党秉持“人民群众对美好生活的向往就是我们的奋斗目标”的价值追求，诠释了人民至上、全心全意为人民服务的执政理念。纵观党的百余年奋斗历程，宏伟而朴素的目标像条主线贯穿始终。土地革命战争时期，我们党的目标任务就是带领劳苦大众打土豪、分田地，翻身得解放；到了新中国成立后，就是为了让人民早点过上摆脱贫困的日子，尽快富起来；进入新时代，就是为了让每家每户每人的住房梦、汽车梦、升学梦等梦想得以实现。说一千道一万，让人民过上好日子，顺乎民意、顺从民心，真实可信、真切可触。

“让全体中国人民都过上好日子”不是口号，而是行动。实现朴素的目标离不开实践、少不了奋斗。好日子不是天上掉下来的，也不是轻轻松松、敲锣打鼓就能获得的，而是必须撸起袖子一起加油干才能得来的。要想让人民都过上好日子，说到底在于把经济建设搞上去、把民生实事办好，切实解决好人民群众的急难愁盼问题，只有既把“蛋糕”做大，又把“蛋糕”分好，好日子才有基础和保障。“让全体中国人民都过上好日子”不是一朝一夕、一蹴而就的，而是持续不断、久久为功的事。实现朴素的目标缺不得坚韧、少不了定力。“千磨万击还坚劲，任尔东西南北风。”锁定这一宏伟而朴素的目标，就得始终保持一种清醒和自觉，不被噪音杂音干扰、不为琐事烦事分心，埋头把自己的事情做好；就得始终保持一种动力、定力和毅力，以不怕牺牲、排除万难的愚公移山精神，以“乱云飞渡仍从容”的良好心态，百折不挠、愈挫愈奋地去做。

“让全体中国人民都过上好日子”离人民很近、与人民很亲，很现实。朝着宏伟而朴素的目标勇毅前行，是每个共产党人的责任所在、义务所为和情感所系。

做人做事做官『二十畏』

（原载《党建头条》
二〇二二年九月二十三日）

人得明底线、知边界、懂敬畏。有言道：“畏则不敢肆而德以成，无畏则从其所欲而及于祸。”古往今来，“自天子以至于庶人，未有无所畏而不亡者也。”随着严的主基调持续加力，随着不敢腐、不能腐、不想腐三位一体持续推进，如今很多人已经变得谨言慎行了，知道了不该说的不说、不该做的不做、不该拿的不拿，开始如临深渊、如履薄冰起来。这是好事，“和尚打伞，无法无天”显然不行。然而，有敬畏心还不够，更重要的是懂得该敬畏什么。以下二十个方面似可知之畏之。

一是既畏“神明”，又畏法度。俗话说，举头三尺有神明，人在做，天在看。敬畏“神明”不是鼓吹封建迷信、唯心主义，而是主张敬畏一种虽然看不见、摸不着，却能感受得到的命运和规律。常言道：出来混，总是要还的；不是不报，时候未到。命运和规律是无法抗拒的，也是不以人的意志为转移的，所以得常怀敬畏之心。“神明”无形，法度有形。法度是现实的，是看得见、摸得着，更能切身体会得到的。“法无严不威，无威而不立。”党纪国法，必须像达摩克利斯之剑，高悬头顶，把自己的一切言行都置于党纪国法之下，一切在宪法下行动，切忌权大于法、权高于法和权重于法，既要防止以言代法、以权代法，又要防止因人废法、因言废法、因事废法和因权废法。唯有既重“神明”，又重法度，才是真正工作、学习和生活在“保险箱”里。

二是既畏圣人之言，又畏“街头之语”。圣人乃智慧高超、品德高尚之人，是无所不知、无所不晓的“通人”。“圣人不凝滞于物，而能与世推移”，其威严在于道德，是善的化身，圣人之言往往能够指点迷津、指引方向，也常常可以醍醐灌顶、使人茅塞顿开。古往今来，人们对圣人之言都倍加推崇，奉为圭臬，敬畏有加，不敢逾越。圣人之言诚可畏，“街头之语”亦可怕。彭德怀当年常言自己有“三怕”，即怕言过其实、怕出名、怕老百姓骂娘。“骂娘”就是街头上的“切齿之语”。老百姓咬牙切齿的骂声是心声，也是怨言，它常常出于街头，往往流于闲谈，它最真切、最直接，也最坦率、最可怕，更要知敬畏，切不可听而不闻，而是要听得到、听得懂和听得进。“平生不做皱眉事，世上应无切齿人。”只有一生不去做使人感到不快、恼怒的事，才不会有对自己切齿痛恨的人。

三是既畏当下，又畏后世。当下就是现实，是眼前那些真实的、拥有的和能把握的东西。不珍惜现在，就没有未来。对于眼前拥有的东西，不可以不当回事、不以为意、不去珍惜，不要到了一旦失去的时候才追悔莫及。珍惜源自敬畏，敬畏更加珍惜。对当下的敬畏，就是对现实的敬畏、对真实的敬畏，也是对已经拥有的幸福生活的敬畏。当下可以把握，后世未必缥缈。后世就是子孙后代，就是身后的口碑。人都是重名声、顾名节的，尽管后世一些事情自己未必看得到、听得见，但在中国传统文化中重名声、顾名节是一贯的，是非界线是泾渭分明的。究竟是名扬后世、流芳百世，还是被人戳脊梁骨，甚至遗臭万年？好坏自在人心。多做“功在当代，利在千秋”的事，便是既敬畏当下，又敬畏后世。做好了当下，意味着敬畏后世；在乎后世，必然敬畏当下。

四是既畏组织，又畏群众。不知道从什么时候起，一些人当有了进步或取得成绩时，口口声声都是自己多么不容易、不简单，开口闭口从来不谈组织的培养和群众的支持，看不到一点组织的作用和群众的力量，在这些人的眼里、心里，组织和群众的影子都不见了，一点感激之情、敬畏之心都没有了。这是很危险很可怕，也是很不公很不善的表现。个人的能力再强，强不过组织；自己的本事再大，大不过群众。别以为组织和群众只是一个抽象概念，它是实实在在的一种客观存在。相信组织、依靠组织、敬畏组织，相信群众、依靠群众、敬畏群众，才有出路而不会出格，才走正道而不会偏航。

五是既畏“天命”，又畏生命。孔子曰：“君子有三畏，畏天命、畏大人、畏圣人之言。”何谓天命？朱熹说：“天命，即天道之流行而赋于物者。”也就是施加于世间万物的天道运行的自然规律。简单地说，天命就是天道，就是一种自然规律。常言道：“天道酬勤”。天命总是以一种不可逆、不可违的方式主宰或决定世间万物。敬畏天命是必须的，也是必要的，只有“小人不知天命而不畏也”。敬畏天命不是认命，而是承认“天命”的客观存在，但一定要付出主观努力，做到既有敬畏心，又有进取心。天命诚可畏，生命价亦高。人的生命只有一次，不可再生，无法重来，生命受之父母，来之不易，对待生命不可轻率、不可草率，任何“泰山压顶”情况下都要珍爱生命，顽强不屈、好好地活着。畏天命，君子也；畏生命，真人也。

六是既畏“大人”，又畏“小人”。在孔子的“三畏”中，对那些地位高、德行高的“大人”是要常怀敬畏之心的。这些所谓的“大人”一般都地位高、品行好，具有人格魅力，他们往往站位高、格局大、有远见，常常看得远、想得深、悟得透；往往无私心、能担当、有情怀，每每关心人、帮助人、体恤人等。这样的“大人”让人敬仰、敬佩和敬重，他们的思想教诲和经验教训使人终身受益、理当敬畏。碰上“大人”是幸事，遇上“小人”

也并非坏事。对于躲在人生暗处各种各样使绊、作梗、阻扰、刁难甚至设局、下套、陷害的奸诈小人，当如临深渊、如履薄冰、如临大敌，应更加小心翼翼、谨言慎行。遭遇小人是一种考验和磨砺，处理得当，则可以坏事变好事。畏“大人”可以平步通达，畏“小人”则平安无虞。

七是既畏承诺，又畏规则。俗话说，一诺千金。“丈夫一言许人，千金不易。”重承诺就是讲信用，要知道“人而无信，不知其可也”，“不信不立，不诚不行”。承诺不是说说而已的，对于做出的承诺，始终心怀忐忑，久久放心不下，并且在兹念兹，“砸锅卖铁”也要兑现，这是取信于人的可贵品德，是安身立命的宝贵修养。不去践诺，就是忽悠人，是“思想玩弄”。诺言是一种约定，规则是一种规定。没有规矩，不成方圆。规则是用来约束人的，画一个圈圈，在规则范围内游戏，这才有了秩序。有了规则而不去遵守，只是把它当摆设、做样子，就会乱套。对规则不可顺我者用、逆我者弃，必须一把尺子量到底，一以贯之、一视同仁。敬畏承诺，说话有人信；敬畏规则，办事有人随。

八是既畏“人言”，又畏人生。在乎别人怎么看、怎么想，在乎别人说什么、怎么说，是必须的和必然的，也是人之常情。人总是要面子的，敬畏“人言”，自尊心使然。俗话说，人言可畏、众口铄金，唾沫星子有时是可以淹死人的。敬畏“人言”，人生不易。人的一生要经历多少风风雨雨、坎坎坷坷，每个人一路走来都不容易、不简单，有的没任何背景，但有辛苦努力的背影；有的没奇迹，但有一步一个脚印成长的轨迹；有的一直谨小慎微没出什么事故，但有很多故事；等等。要对得起自己的付出，对得住自己走过的路，切不可“一着不慎，满盘皆输”，到头来落个竹篮打水一场空的结局。对得起自己，就是敬畏自己的人生。

九是既畏“公开见报”，又畏“内部通报”。曾经有一种说法，叫“不怕内部通报，就怕公开见报”。说的是有的人对于内部通报不以为意，因为内部通报相对知晓面窄、知情范围小；而对于公开见报则害怕了，因为公开见报知晓面广、影响性大。其实，内部通报也好，公开见报也罢，说到底都是一种监督和警醒。对内部通报的害怕，本质上是对组织上教育帮助的重视和敬畏，这是应该有的一种态度。害怕公开见报，包括网络曝光、网络举报等，更是识时务者的表现。网络更快捷便利、传播迅速、发酵快、爆炸性杀伤力强，网络的这种威慑力让人心存畏惧。这应该是件好事。如今，网络等舆论媒体的监督越来越有力有效，谁不害怕、谁不怀敬畏之心，轻者狼狈不堪，重者瞬间身败名裂。

十是既畏家人，又畏身边人。一个人的成长进步或取得成绩，家人是不可能缺位的。倘若家人是垫脚石而不是绊脚石，是加油站而不是拖油瓶，是安乐窝而不是招风地，则应该懂得感恩、心存感激，感激和感恩是最好的敬畏。不能把家人不当回事，有意无意地忽视，要知道家人的理解、信任和支持在任何时候都不可或缺。家人重要，身边人亦如此。身边人经常在一起摸爬滚打，同甘共苦，风雨同舟，一起经受困难和挫折，不能对身边人颐指气使、横眉冷对，更不能只可“共苦”、不可“同甘”，应该懂得尊重他们，知道珍惜缘分。尊重和珍惜是最大的敬畏。家人和身边人都是“密接”或“次密接”者，不能因为关系亲密而无所谓，不可以去“疏亲者”，甚至还窝里横、窝里斗。家和万事兴，对家人和身边人始终心存感恩与感激、心怀尊重与珍惜，则家和业兴、事顺人旺。

“心有所畏、言有所戒、行有所止。”知道怕是第一步，知道怕什么则更进一步。“君子之心常存敬畏，虽不见闻，亦不敢忽。”唯心存敬畏，才安全牢靠、行稳致远。

怎样对待组织

（原载《学习时报》
二〇二二年十月十四日）

一段时间以来，不能正确对待组织的现象和问题在一些党员干部身上或多或少地存在，不得不让人深思，也令人警觉。

现实中，有的人取得了一点成绩、有了些进步、获得了些荣誉，言必称自己多么辛苦、多么不容易，很少甚至闭口不谈组织的长期教育培养，也不说怎么感谢感恩组织，在他们眼里根本看不到组织的影子和作用；有的人对组织的话选择性地听，合意则听，不合意则不听，对组织的批评教育左边耳朵进右边耳朵出，对组织的安排顺我者从不顺我者拒，甚至讨价还价、漫天要价；还有的人欺骗组织、忽悠组织，跟组织玩捉迷藏，不跟组织上说真话实话心里话，对待组织变成了各种各样的对抗组织；等等。

“组织”是谁？“组织”是什么？组织作为名词，指的是按照一定的宗旨和系统建立起来的集体，是一个地方和单位决策指挥枢纽，通俗点说就是拍板定事的，是“承重墙”和“主心骨”。在党的组织体系中，各级领导机关和领导干部往往代表组织。曾几何时，组织的影响和作用无处不在、无时不有，人们相信组织、依靠组织、服从组织，很多人都自觉地把自己当作一块砖，组织说往哪儿搬就往哪儿搬，“听组织的”“一切服从组织安排”“有事找组织”成了很多干部的一种习惯和传统。然而，不知道从什么时候起，这一习惯和传统悄悄地发生了变化。组织的影响力在弱化，组织的作用在退化，究其原因，一些干部组织观念淡化是症结所在。

怎样对待组织是一个政治问题。每一个干部，既是一个自然人、社会人，也是一个单位人、组织人。我们常说“党的干部”，则很好地说明了干部的属性，干部是党的肌体上的细胞，是党的宝贵财富，这种属性决定了“听党的话”“听组织的话”天经地义、责无旁贷。听组织的话，一切相信组织、服从组织、依靠组织，是检验政治立场、政治态度和政治原则的试金石，任何与组织离心离德、心照不宣的言行都是不讲政治的表现。

怎样对待组织是一个觉悟问题。觉悟基于认知，觉悟源于思想。现实中，一些人对组织的思想认知出现了这样那样的偏差，有的认为组织是空的虚的，甚至认为组织被个人化了，个别领导“被代表”了，觉得组织靠不靠得住，往往取决于跟领导的关系，取决于会不会贴靠、巴结领导，于是认为靠组织不如靠自己、靠关系、靠朋友等。组织不是一个空壳，它必须有“代言人”，各级领导机关和领导干部自然地扮演组织的角色，承担着组织的责任。“吾爱吾师，吾更爱真理。”正确处理好与领导的关系，从道不从上、唯实不唯上，是相信组织、依靠组织的题中之义。

怎样对待组织是一个情感问题。认同、认可组织，实质上是个归属感的问题。组织培养干部是不容易的，就像培育树苗一样，从开始的浇灌到每一次的修枝剪叶，都付出了大量的心血。在一个人的成长过程中，个人的能量再大也大不过组织的力量。

“我把党来比母亲，母亲只生了我的身，党的光辉照我心。”父母赋予每个人自然生命，组织则给了政治生命，只有视党为父母，把组织作为家，才会充满感情、饱含真情，才会听党的话、向组织掏心窝。

怎么对待组织是很现实的问题，它关乎干部的健康成长，关乎组织作用的发挥，关乎良好政治生态的涵养与培育。只有正确地对待组织，才能更好地形成“干部一心想着工作，组织一心想着干部健康成长”的良性循环。

说说『新时代的样子』

（原载《学习时报》
二〇二二年十月十九日）

最近，“奋进新时代”主题成就展在北京展览馆隆重展出，社会各界和广大观众反响热烈，纷纷表示走在新时代新征程上不容易、不简单，许多人感慨那一件件实物、一张张图片和一组组数字描绘出了一幅新时代的“全景图”。无独有偶，日前中央广播电视总台推出《说说我们的新时代》节目，记者街头随机采访普通群众，受访者无不深有感触，从各自角度勾勒出新时代的模样。那么，新时代到底长什么样子呢？

茁壮成长，体量更大了。如果把新时代比喻成一个人的话，那么进入新时代，国家的确长高、长大、长壮了，“体重”在不断地增加。我国经济总量从十年前的53.9万亿元上升到114.4万亿元，早已是全球第二大经济体；人均国内生产总值从6300美元上升到超过1.2万美元，人民的腰包鼓起来了……这一串串人们耳熟能详的数据，既是耀眼的成绩单，又是奋进的光荣榜。数字是枯燥的，感受却是具体、实在而真切的，山乡巨变、山河锦绣，新时代就像一个巨人，成就非凡、灿烂辉煌。

创新创造，“体能”更好了。“体能”好不好，说到底看创新能力怎么样，看企业活力怎么样。奋楫者先，创新者强。天问一号、“嫦娥”探月、北斗卫星、中国天眼、C919大飞机、5G移动网络、量子信息、干细胞的突破、中国空间站建设等，一个个标志性的创新，使中国创新指数排名从第34位跃升到第11位。放眼神州大地，处处可见创新的澎湃动能，这是一个国家和民族活力之源，彰显新时代的中国“到处都是活跃跃的创造”。创新驱动并催生着企业产业的发展。中国高铁、中国桥、中国港口、中国盾构机引领潮头，成了响当当的“中国名片”。作为市场主体的企业，这十年净增超1亿户，制造业增加值从16.98万亿元增加到31.4万亿元。创新好、企业活，彰显体能好、后劲足，新时代正是这样一个彰显实力和底气的样子。

补短强弱，“体质”更强了。民族复兴之路上一个也不能掉队、一个也不能少。中国式扶贫是体质增强的真实写照。党的十八大以来，平均每年1000多万人脱贫，相当于一个中等国家的人口脱贫，创造了人类减贫史上的奇迹。新时代以来，铁腕反腐、正风肃纪，中央八项规定使政治生态实现了历史性、拐点性的好转。新时代的中国更加结实了，抵挡和战胜各种风险与隐患、困难与挑战的“体质”大为增强。

内外兼修，“体形”更美了。新时代美在哪里？美在生态环境上，美在广阔的乡村；美在人民的精气神上，美在朝气蓬勃、奋发向上的精神状态；美在人民对美好生活的向往和追求上，美在老百姓的笑脸上。现如今人们很少再热议 $PM_{2.5}$ 了，身边跑步、骑行和露营的人越来越多了，美丽中国建设为子孙后代留下了天蓝、地绿、水清的美好家园，新时代的中国“眉清目秀”、风和日丽，颜值和气质都高起来了。新时代还美在人民的精神状态上，年轻一代可以“平视世界”了，自信从容、开放包容、平和豁达的国民心态逐渐形成，一股昂扬向上、坚韧不拔的“民气”扑面而来。

从党的十八大开始，中国特色社会主义进入新时代。你我的样子，就是新时代的样子，礼赞新时代、唱响新时代，奋进新时代、共筑新时代，让新时代的中国展现出生机盎然、踔厉奋发、朝气蓬勃、欣欣向荣的样子。

为官『十患』

（原载《秘书工作》
二〇二二年第十一期）

为官从政最可怕的是什么？从根子上来说，当然最怕理想信念丧失、党性不纯、世界观人生观价值观不正。但是，根子上的毛病总是通过一些具体问题表现出来的，而这些具体问题就像一颗颗地雷或定时炸弹，常常因为某个“导火线”的点燃而引爆开来。以下“十患”好比一颗颗地雷或定时炸弹，倘若不去注意防范和解决，则迟早有一天会摊上大事。

一患欲望太强

欲是焚身火，不遏可燎原。但凡出事者，皆因跌倒在欲望的泥潭里不能自拔。很多时候，欲望就像跑步机，不管你怎么努力奔跑，它都不会带你前行。人心不足蛇吞象，人所有的麻烦和苦痛都是因为欲望太强、太盛、太多、太大惹来的，诸如物欲、权欲、情欲、金钱欲等，一旦克制和控制不住，则很容易在各种诱惑面前败下阵来，最终因小失大、溃不成军。

人不能没有欲望，否则没有动力，但人应该是欲望的主人，收得住“狂野的心”，能够驾驭自己的欲望。欲望太过，必有灾祸。管住欲望，是最好的自律，谁一旦成了欲望的奴隶，谁就得跪着趴着行走。

二患自我膨胀

有些人一旦成绩大了、荣誉多了，或地位高了、捧的哄的人多了，便开始飘飘然、昏昏然起来，逐渐找不到北，自以为本事大得不得了。有的目中无人，谁都不放在眼里，谁的话都听不进去，谁都不当一回事；有的封妻荫子，“近亲繁殖”，什么七大姑八大姨、同学同乡都召入麾下，搞“家天下”或私人领地；有的搞个人说了算，说一不二，像个土皇帝，甚至印“个人语录”，搞对自己的歌功颂德。

常言道：“天欲其亡，必令其狂。”人一旦膨胀了，会忘乎一切，不知道自己是谁、从哪来、往哪去，听不进任何批评声和反对意见，变得目空一切、虚浮狂躁。捧得高往往是跌落的开始，膨胀狂妄是摔跤的前兆。

三患权力任性

权力是把双刃剑，它既是个好东西，又是个坏东西，就看你怎么对待、怎么用。正确的权力观是权为民所用，为党的事业发展发挥作用。倘若公权私用，把公器作为攫取个人利益的“提款机”，或者搞权力任性，一朝权在手便把令来行，在权力场上像匹脱缰的野马。有的人就是眼看因为自己的一句话，或签个字、站个台等，别人便轻轻松松赚得盆满钵满，于是心里不平衡、不舒服，觉得来钱来得太快、太简单、太容易了，便由眼红心热到手痒脑昏，开始干一些所谓“天知地知你知我知”的勾当。对有的人来说，权力就像鸦片，很容易上瘾着迷，一旦权力过大又碰上私心过重，权力和私心杂念一勾兑非得出问题不可。

所以，职务可以高、位置可以重要，但不管什么职务和位置，必须有意识地给自己划底线、立边界、修护栏，自觉接受监督和制约，甚至人为地把自己的权力“搞得小一点”，让自己不舒服、不自在，就会大大减少在权力这个“湿滑地”摔跤的风险。不在权力问题上对自己刻薄点，要挡住权力的诱惑是很难的。

四患后院起火

这些年来，经常耳闻目睹一些“坑爹”“坑夫”事件的发生，这些所谓的“后院着火”，说到底是因为家教不严、家规不好、家风不正、家味不浓所致。一个领导干部，如果他或她在家里说话没人听、不管用，管不住家人的言行举止，放任甚至纵容家人恣意妄为、为非作歹，那么离出事也就不远了。这里面，有的是因为自身不检点，结果在管好家人上理不直气不壮；有的是总觉得平日里工作太忙，亏欠家人太多而想做些弥补；有的是出于溺爱，想着给家人创造优越生活条件，不一而足。

如果对家人不敢管、不愿管、不会管，特别是管不了，任由家人在外惹是生非，有的甚至有意无意地放纵，结果必然会出恶少、横妻，全家福蜕变成“全家腐”。家应该是幸福温暖的港湾，家应该是安乐窝不是招风地、是加油站不是拖油瓶，才能够行稳致远。

五患交友不慎

交朋结友是个大问题，“近朱者赤，近墨者黑”，这么多年来，因为交友不慎而被拖累、连累的不计其数。曾几何时，一些领导干部热衷于“傍大款”，吃喝玩乐、沆瀣一气，后来喜欢交一些所谓放心靠谱或一路跟随的“自己人”“铁哥们”，结果温水煮青蛙般地被“自己人”拉下水，被“铁哥们”套牢。殊不知一旦有个风吹草动，跑得快、散得早的往往是这些所谓的“自己人”“铁哥们”，当初信誓旦旦“拍胸脯”的人常常是最快“拍屁股”走的人。铁哥们绝非铁板一块，树倒猢狲散、墙倒众人推，大难临头只会各自飞。平平淡淡最是真、平平常常最是好。平时多些“无声的联系”，力行“零物质”往来，真正构建起清清爽爽的同志关系、规规矩矩的上下级关系、干干净净的政商关系。

六患闹不团结

常言道：“相互补台，好戏连台；相互拆台，共同垮台”。讲团结不但好干事、干成事，而且不惹事、不坏事。如果一个人走到哪儿都跟人关系紧张，搞得鸡飞狗跳，到处树敌，那总有一天会由裂缝到裂变。大量事实表明，容易闹不团结的人，要么喜欢争名夺利，在名利面前没风格、没风度；要么喜欢斤斤计较，心胸狭窄，境界低、格局小；要么喜欢争强好胜，个性太强，意气用事。闹不团结，是很耗人的，耗精力、费心思，让人心烦意乱、精疲力尽。

冤家宜解不宜结、得让人处且让人，人可以红脸不可以翻脸，要学会谅解、和解、化解，懂得退让、忍让、谦让，忍得一时气，免遭百日忧。如果闹不团结问题一直解决不好，甚至越闹越凶，则早晚得闹掰、闹翻，直至闹到两败俱伤，到那时悔之晚矣。

七患德行不好

常言道："德不配位，必有灾殃。"品德、品行决定一个人能走多远、飞多高。德行就是品德、品行，它是一个人由内而外的修养、涵养和素养，是一种文化的体现。知识是学来的，文化是修来的。有的人有知识未必有文化，经常表现得口大气粗、口无遮拦，或者飞扬跋扈，甚至一言不合，便大打出手。现实中，类似一巴掌"拍"来横祸、一句骂"骂"出灾殃的事屡见不鲜。

德行不好的人，往往表现在公德缺失、私德缺损上，诸如对公众利益不管不顾，极端自私自利；在公共场所有失教养，习惯于耍横、摆阔、嘚瑟，经常搞特殊、要特权，结果说不准哪天就惹祸上身；等等。有的甚至到了毫无底线、道德败坏的程度，私生活乱七八糟、一塌糊涂，崇尚起充满低级趣味的生活方式。德行不好的人，其可怕还在于，非但不以为然反而心安理得，非但不以为耻反而以此为荣，最后落个鸡飞蛋打的结局。

八患不爱学习

经常学习才能明方向、知全局，才能辨形势、识时务，出问题、犯错误往往是从不重视或放松乃至放弃自身学习开始的。一个从来手不捧书本而只知端酒杯，不愿读报刊、不爱看新闻而只懂玩耍的人，只会日渐沉沦、颓废，变得不思进取、目光短浅，或玩物丧志，变成酒囊饭袋。事实表明，如果不是装一肚子墨水，而是装一肚子酒水，最终必定成一肚子坏水。这是不爱学习、忙于应酬的必然结果。理论上成熟是政治上成熟的基础。不爱学习，不但面目可憎，更重要的是会迷失方向、不识时务，会迷迷糊糊、迷迷瞪瞪，走入岔道、出了事还浑然不知。

九患小节不保

千里之堤，溃于蚁穴。这些年因为小节不保、小事无视而酿成大祸的为数不少。有的领导干部不太注重生活小节、细节，比如，对送上门的所谓“土特产”不以为意，对开始的几条烟、几瓶酒半推半就，对于开名车、拎名包、穿名牌等习以为常、麻木不仁，热衷于追求时尚、前卫，贪图、向往过贵族生活，潜意识里总有大款、老板派头等。

殊不知，领导干部一旦在这方面有特别需求，必定会被“盯上”、被“围猎”，也必定会捉襟见肘、入不敷出，于是只有想方设法去填窟窿、补亏空。而对小节、细节的忽视，还会遭“围观”，瞬间被人们放大质疑，引发舆情，直至“社死”。针尖大的窟窿斗大的风，小洞不补大洞吃苦，小事不可小视，小节不可放纵。一定要抓早、抓小，抓苗头、抓倾向，把它扼杀在萌芽里、熄灭在未燃时。

十患拉帮结派

邓小平同志曾告诫：“小圈子那个东西害死人哪！很多失误就从这里出来，错误就从这里犯起。”别以为找到靠山、攀上高枝、抱上大腿、进了圈子就“走遍天下都不怕”了。事实证明，靠山很有可能成“火山”，圈子很有可能被套牢圈住，上“山头”不易下“山头”更不易，进“圈子”难出“圈子”更难，一旦被捆绑就别想松绑。搞小山头、小圈子、小团伙那一套不但不灵、不行了，而且迟早是个隐患。干工作还是靠班子不靠圈子、靠团队不靠团伙，为官从政应该放下架子与人打成一片，但切不可没有样子与人搞在一起，要同志而不同伙、结伴而不结团。

以上这“十患”，难免有所疏漏，只不过这“十患”表现得更经常、更普遍和更突出，都是从一个个为官者出事后的深刻教训中总结出来的，都可以找到一个个活生生的案例作支撑。压死骆驼的往往是最后一根稻草。有的为官者或许一路都走得谨小慎微，却一不小心“踩雷”“触弹”，而随便踩到哪一颗“雷”、触到哪一枚“弹”，一旦引爆，则必定被炸得面目全非，落个一着不慎满盘皆输的结局。“十患”似可成每个为官者的心头之患、心腹之患，不要因任何一“患”身败名裂，落个竹篮打水一场空，成了人生输家。

第三辑

这一辑收录的27篇文章，系2023年至2024年3月在《人民日报》《学习时报》《新华每日电讯》《秘书工作》等上发表的时评言论，其中3篇刊登于《人民日报》。

在合奏中形成和声

（原载《学习时报》
二〇二三年一月十八日）

“任何时候任何情况下都要坚持同党中央保持高度一致，在党中央统一指挥的合奏中形成和声，决不能荒腔走板、变味走调。”习近平总书记在中央政治局民主生活会上的谆谆教诲，既敲响了警钟，又明确了方向，值得每名党员干部特别是领导干部警醒和用以自律。

合奏是指许多乐器分别按不同声部演奏同一首乐曲。相比独奏，合奏难度更大、标准更高、要求更严。一部波澜壮阔、荡气回肠，或悠扬优美、动人心魄的音乐作品，都是管弦乐器、吹奏乐器、弹拨乐器和打击乐器等多种乐器门类按照各自的声部和曲调发声的结果，是不同门类乐器各司其职、默契配合的结果。指挥是乐队和乐曲演奏的灵魂，指挥者根据其对音乐作品的独特理解、对各门类乐器特点的充分了解，用有张有弛、有收有放和抑扬顿挫的肢体语言，进行组织协调与统筹，从而组织演奏出一首完美的合奏乐曲。

合奏首要的是“听指挥”。一支乐队是这样，一个团队、一个集体、一个国家也是这样。一切行动听指挥，才会步调一致、整齐，才会齐心协力、同行同向。我们干事业、做工作，一切行动听指挥，就是要听党的指挥，听党中央的指挥，听总书记的指挥。党是定海神针，党政军民学，东西南北中，党领导一切；习近平总书记是掌舵人，领航定向。历史和现实告诉我们，一切行动听党指挥，是事业发展的根本保证，是革命、建设和改革向前推进的基本经验。只有一切行动听指挥，任何时候任何情况下都坚持同以习近平同志为核心的党中央保持高度一致，任何时候任何情况下都坚持以党的旗帜为旗帜、以党的方向为方向、以党的意志为意志，任何时候任何情况下都坚持对党绝对忠诚，与党中央同心同德，做到党中央提倡的坚决响应、党中央决定的坚决照办、党中央禁止的坚决不做，才能不断攻坚克难，从胜利走向新的胜利。

合奏就是合力奏响“同一首乐曲”。合奏绝不是各吹各的号、各奏各的调，它必定有一个主题贯穿始终，有一个主旋律从头到尾。我们干事业、做工作，同奏一首曲，要不断增强政治意识、大局意识、核心意识、看齐意识。每个人都应该想清楚、弄明白“我是干什么的，我该干什么，我不该干什么”，做到准确发声、及时发声，特别是敢于并善于去杂音、净噪音、除乱音，共同捍卫主题的纯粹鲜明，共同维护主旋律不变调、不走板。

合奏得“按不同声部”进行。一首乐曲由不同的声部组合而成，各乐器组按不同的声部演奏各自的曲调，这些曲调综合在一起，正是这首乐曲的全部。从实际出发、实事求是、创造性地开展工作，是合奏的题中之义。“同奏一首曲”，并非千篇一律，不考虑各自工作实际，而是要求善于调动各方面积极性，鼓励干部各司其职、各尽其责、敢于担当作为。只有寓个性于共性之中，寓不同声部于同一首乐曲之中，才能创作出一部宏阔伟大的音乐作品。

鼓擂弦舞曲悠扬，合璧联珠奏铿锵。当前世界之变、时代之变、历史之变正以前所未有的方式展开，我国发展进入战略机遇和风险挑战并存、不确定难预料因素增多的时期，各种“黑天鹅”“灰犀牛”事件随时可能发生。面对新形势新考验，我们要紧密团结在以习近平同志为核心的党中央周围，形成同心共圆中国梦的强大合力，在党中央统一指挥的合奏中形成和声，为全面建设社会主义现代化国家、全面推进中华民族伟大复兴而团结奋斗。

自我革命『革』什么？

（原载《思想政治工作研究》
二〇二三第一期）

自我革命“革”什么？如何跳出历朝历代“其兴也勃焉，其亡也忽焉”的历史周期率？自我革命是我们党给出的“第二个答案”。党的二十大报告鲜明指出，“全党必须牢记，全面从严治党永远在路上，党的自我革命永远在路上”。勇于自我革命，就是刀刃向内、自剜腐肉，它是党的鲜明品格、显著标志和最大优势，是极为重要的宝贵经验。然而，自我革命有其特定内涵，它是一种自我完善、自我净化和自我突破。那么，自我革命到底“革”

什么？

就是“革”那些落后于时代进步的思想观念的“命”，确保思想理论始终走在时代潮流的前列。党的百年历程告诉我们，思想观念上的革命一直伴随着党的发展壮大，特别是每当重要时期、特殊时刻、转折关头，思想观念上的革命总是走在前头，起到引领、发动的巨大作用。1941—1945年的延安整风运动，就是一次深刻的思想理论上的自我革命。当时，毛泽东同志提出，我们要在党内发动一个启蒙运动，使我们同志的精神从主观主义、教条主义的蒙蔽中间解放出来。1978年12月召开的党的十一届三中全会，同样是实现指导思想上的拨乱反正，从突破思想禁锢和精神枷锁中找到出路。我们党正是一次又一次地把那些落后于时代进步的“思想病灶”给革除掉，才生机焕发、朝气蓬勃。

就是“革”那些阻碍改革发展的体制机制的“命”，确保治理体系和治理能力的现代化。治理是门大学问，它面临着很多课题，改革、发展和稳定的每一次前行，都对治理体系和治理能力提出新的更高要求，提出各种各样的考验和挑战。比如，如何在一个人口众多、发展不平衡不充分的国家里实现共同富裕；如何让近亿的贫困人口摆脱贫困，全面建成小康社会；如何领导中国式的现代化获得成功；如何有效统筹好经济发展与疫情防控；等等。很多难题都是世所罕见、前所未有，没经验、没模板，甚至没任何“参考答案”，只有靠自己从自身实际出发，不断探索创新。要交出合格答卷，说到底要从已经被固化的体制机制入手，拿僵化的或明显滞后的体制机制开刀，从而实现治理体系和治理能力的现代化。

就是“革”那些破坏党群干群关系的形式主义、官僚主义的“命”，确保党的作风不褪色不变色。形式主义、官僚主义是党的作风天敌。形式主义和官僚主义五花八门、表现不一，然而一言以蔽之，上级机关和领导干部整天浮在上面指手画脚就是官僚主义，而下来了却不办实事、不解决问题就是形式主义。这样的形式主义和官僚主义不仅无济于事，更重要的是败坏了党风、带坏了民风，祸害无穷。任何时候、任何情形下，只有形式主义和官僚主义露头就打，撕下它的各种伪装包装，让它无处遁形，才能使党的本色不褪不变。

就是“革”那些丧失党心民心、背离初心使命的腐化堕落分子的“命”，确保党永葆先进性和纯洁性。党的二十大报告指出，“反腐败是最彻底的自我革命”。腐败是党的肌体上的毒瘤，腐败不除，党无宁日、民无宁日，腐败与党和人民水火不容。党的十八大以来的这十年，党以刮骨疗毒的勇气铁腕反腐，不让腐败分子有任何藏身之地，赢得了民心，也赢得了历史主动，不敢腐、不能腐和不想腐的大格局正在形成。反腐永远在路上，哪里有腐败分子、腐败现象，哪里就是革命的战场。自我革命已经是我们党的一张新名片和新标签。一个没有任何私利的政党，才能这样以一种大无畏的英雄气概在不断地自我革命中勇毅前行。

展现可信、可爱、可敬的中国形象

（原载《人民日报》

二〇二三年一月十日）

在近日圆满闭幕的“奋进新时代”主题成就展上，一张亮眼的图片，将观众带回2019年激荡亚洲的一晚。2019年5月15日，浩瀚夜空下，国家体育场“鸟巢”灯光璀璨，各国艺术家齐聚一堂、欢歌曼舞，为亚洲文明对话大会增添浓墨重彩的一笔。亚洲文化嘉年华等一组图文并茂、数据翔实的展板，让观众纵览10年来对外宣传工作取得的成就，真切感受到新时代中国的声音传得更好更远。

中国的国际形象需要由中国人去树立，讲好中国故事需要每一个中国人的努力。习近平总书记在党的二十大报告中指出："坚守中华文化立场，提炼展示中华文明的精神标识和文化精髓，加快构建中国话语和中国叙事体系，讲好中国故事、传播好中国声音，展现可信、可爱、可敬的中国形象。"

新时代中国正在进行的伟大实践，赋予我们自信与底气。全面建成小康社会，共建"一带一路"，构建人类命运共同体理念……我们充分、鲜明地展现中国故事及其背后的思想力量和精神力量。贵州草海护鸟员、甘肃沙漠护林员，在帮助改善当地生态环境的同时实现自身脱贫；北京冬奥会国家速滑馆8500吨的钢结构，通过智慧制造完成精准设计和装配；菌草技术不断走出国门，在很多欠发达国家和地区得到推广……一个个鲜活的故事，生动展现今日中国的卓越成绩和造福世界的壮美画卷。今天，越来越多来自中国的好故事正在被国际社会熟知，开放而自信的中国在世界舞台绽放出别样光彩。

展现可信、可爱、可敬的中国形象，是一种责任。匠心独运的场馆"冰丝带""雪如意"，活泼敦厚的"冰墩墩"和喜庆祥和的“雪容融”，开闭幕式上的二十四节气、黄河之水、中国结……每一处充满“中国味”的细节，都彰显了2022年北京冬奥的人文之美。这背后，凝结着无数人的智慧与汗水。中国形象体现在每个中华儿女的日常言行中，人人都是国家形象的代言人。我们应当增强志气、骨气、底气，争做精彩中国故事的主人公和讲述者。

展现可信、可爱、可敬的中国形象，是一种能力。习近平总书记强调：“我们有本事做好中国的事情，还没有本事讲好中国的故事？我们应该有这个信心！”讲好中国故事，传播好中国声音，展示真实、立体、全面的中国，是加强我国国际传播能力建设的重要任务。我们应当进一步增强国际传播能力，在构建对外传播话语体系上下功夫，在乐于接受和易于理解上下功夫，让世界了解真实、立体、全面的中国；积极主动发声，将真实信息、真实故事源源不断地注入国际信息库，让正确的声音响亮起来。

展现可信、可爱、可敬的中国形象，是一种情感。展现国家形象，是爱国主义情感的真情流露。“到那时，到处都是活跃跃的创造，到处都是日新月异的进步……”方志敏曾如此憧憬一个可爱的中国，如今已然化为灿烂的现实。对于祖国，身处这个伟大时代的每个中华儿女，没有理由不去用心礼赞和讴歌，没有理由不去用情告白和展现。

“当今世界，要说哪个政党、哪个国家、哪个民族能够自信的话，那中国共产党、中华人民共和国、中华民族是最有理由自信的。”新时代新征程，我们要充满自信和底气地讲好中国故事、传播好中国声音，让可信、可爱、可敬的中国形象走向世界，深入人心。

该有怎样的『项目观』

（原载《学习时报》
二〇二三年二月二十日）

当下，抓项目恐怕是地方各级领导干部用心用力用时最多的事情之一。发展靠项目、项目出政绩，这是自然而然的一种逻辑。抓项目本身没有错，也不是问题，不但应该抓，而且应该大力倡导和鼓励。问题在于，抓什么项目、怎么抓项目？还是很值得考究和深思。

前不久，某地一原市委书记落马，办案人员称：“他在当地做了很多项目，这些项目大多是在他错误的政绩观下盲目决策的。”

从一定意义上说，该市委书记就是栽在了项目上，倒在了错误的“项目观”上。

项目观，实质上就是“观”项目，说到底就是怎么看待项目。它是领导干部在对待项目问题上所持立场、观点、态度和方法的总和，是政绩观的折射和反映。项目观最直接地决定着一个地方抓什么样的项目，决定着项目的发展质量；项目观也折射出一个领导干部秉持怎样的价值观、利益观和政绩观，影响一个地方的政治、经济、社会和人文生态，所以确立正确的项目观至关重要。

可持续的项目，应该是建立在民生民心上的。民生福祉是我们想问题、做决策、办事情的出发点和落脚点，当然也是抓项目的根本依据。简单地说，凡是老百姓赞成、满意和拥护的项目；凡是能够给老百姓的生产生活带来看得见、摸得着的变化，让老百姓受益受惠、有幸福感舒适感的项目就是好项目，就可以也应该大干快上。然而，现实中有的领导干部总是有意无意或自觉不自觉地忽视了这最为本质的一点，对群众的意见视而不见、听而不闻，我行我素、一意孤行，结果，有的项目开工之日就是下马之时，没多久就杂草丛生，荒芜在那里；有的项目动辄几亿、几十亿资金，劳民伤财，打了水漂。做任何事情，多看群众脸色，工作才会出色，以民心为心、以民生为重，这样的项目才会有生命力。

高质量的项目，应该是建立在科学决策、民主决策上的。上项目不能想当然、凭兴趣，任由一时兴起，也不能单从已有的经验和个人认知出发，那种拍脑袋决策、拍胸脯打包票，出了问题拍大腿后悔，最后拍屁股走人，是不负责任的表现，危害甚烈。上项目得靠谱，这个“谱”就是科学决策、民主决策、依法决策。应当让专业的人干专业的事，发挥专家的作用，广泛论证、多方比选。应当不厌其烦，多访民智、多问民计、多讨民教，做到集思广益、博采众长。

健康干净的项目，应该是建立在廉洁自律上的。项目不应该是寻租的“温床”，更不是利益输送的“肥肉”。在过去，一些地方项目上去了、干部倒下了的事并不鲜见。有的从项目里揩油水、捞好处、薅羊毛，把项目工程当成了“提款机”；有的搞“投桃报李”，我给你做项目，你则按比例给我分成；还有的让亲属或工作人员参股，然后坐收渔利……五花八门、不一而足。电视专题片《永远吹冲锋号》中披露，某省人大常委会原副主任某地任职十年，在农产品贸易、供热供水、港口等多个重大项目里，和私营企业主做交易，攫取财富。某省一原市委书记，也是频频插手干预工程项目，在多个项目上打招呼、谋私利……项目要干净，干部得自律。项目一旦沾上了腥味，散发出臭味就是迟早的事；而干部一旦有私心杂念上头、私利上身，项目上的偷工减料和偷梁换柱就是注定了的事。守住清正廉洁的底线，不踩法律法规的红线，斩断利益输送的链条，筑牢安全网，才能让项目在法律法规的轨道上健康运行。

关注民生民心、依靠科学决策、保持廉洁自律，正确的项目观就能得以确立；有了正确的项目观，才能项目做起来了，干部也成长起来了。

不妨『贴着地过日子』

（原载《新湘评论》
二〇二三年第三期）

最近，99岁老爷子、著名画家黄永玉说了一段颇具启迪，又让人无限感慨的话。他说："一个人从早到晚都去找意义，连起来刷牙、洗脸也在找它具备什么意义，哪有那么多意义？人应该自自然然，贴着地过日子。"此言道尽了大彻大悟后的人生真谛，说出了过日子原本该有的样子。

"贴着地过日子"，就是自自然然、真真切切地过日子。"贴着地"，也就是脚踏实地、立足实际，它贴近现实、贴近真实，带泥土、沾露珠、接地气，有一种市井烟火气，它不虚、不浮、不夸、不假，不是悬浮在空中、飘游在面上，更不是生活在“象牙塔”里、躲在空中楼阁里。但是，从现实看总有一些人习惯于“端”着，热衷于“装”。有的喜欢装模作样，正襟危坐摆出个架子，一副正人君子的样子；有的喜欢装腔作势，对人拿腔拿调，或哼哼哈哈、虚头巴脑，不说人话；有的还喜欢装神弄鬼，把自己搞得神秘兮兮，弄得水很深；有的则不懂生活，枯燥乏味、沉闷死板，没有趣味、没有情调；等等。“贴着地过日子”讲究一个“真”字，说真话、道真情，显真性情，干什么事不装，还原于本色，这样的人生过得不累，也过出了该有的样子。

“贴着地过日子”，就是平平常常、朴朴素素地过日子。日子是拿来一天一天过的，而且说到底是拿来自己跟自己过的，绝不是拿来当摆设给人看的，更不是拿来供人好玩的。“贴着地”意味着平民化、大众化，意味着放下身段与人融入。现实中，总有那么一些人喜欢把自己搞得“高大上”，从小搞所谓的贵族教育，追求贵族生活，向往奢华高贵；有的则总觉得自己有多么了不起，习惯居高临下、高高在上，什么都不屑，都看不上眼；等等。

过日子有太多的琐碎平凡，少不了柴米油盐酱醋茶，离不开吃喝拉撒睡，有时就得精打细算掰着指头过日子，得经常面对大量的现实问题，这都不是轻飘飘喊几句口号、说几句大话就可以解决的。平平淡淡最是真，平平常常最常态。“贴着地过日子”，就是经常“用人之常情看问题”，把自己当普通人、平凡人，学会与人打成一片，特别是与那些普通人、平凡人坐得到一起、说得到一块儿，能说家常话、吃家常菜、穿平常衣。人的精神世界可以高贵，但物质生活不必要昂贵，艰苦朴素永远是人的一种美德。

“贴着地过日子”，就是简简单单、开开心心地过日子。“有粮千担也是一日三餐，有钱万贯也是黑白一天，洋房十座也是睡榻一间。”现实中，有的人似乎变得越来越复杂，不但思想心理复杂，而且关系身份复杂、社会交往复杂，搞得身心疲惫；有的人整天追求这追求那，想要这想要那，不堪重负，甚至把日子过得一塌糊涂、一地鸡毛。其实，简单是生活的最初，也是最本来的意义。人与人就应该简简单单地交往，没有那么多功利，没有那么多所谓的意义，也没有那么多盘根错节，更没有那么多矛盾交织。最基本的东西最管用，最简单的东西最真实。“考虑那么多的意义，日子就不好过了”，学会化繁为简，崇尚简约之风，这才是真正的不简单。

“贴着地过日子”当然是一种形象化的说法。倘若这样去过日子，“有个好处就是，摔也摔不到哪儿去”，而且会过得踏实舒服，过得不累不假，过得有滋有味。

跑出事业发展的「加速度」

（原载《人民日报》
二〇二三年四月十日）

改革开放蹄疾步稳，科技创新大潮澎湃，区域发展活力四射，乡村振兴气象一新……春日的中国，一派欣欣向荣，处处洋溢奋斗激情。

向着新目标，奋楫再出发。今年全国两会上，习近平总书记强调："我们要只争朝夕，坚定历史自信，增强历史主动，坚持守正创新，保持战略定力，发扬斗争精神，勇于攻坚克难，不断为强国建设、民族复兴伟业添砖加瓦、增光添彩！"今年是全面贯彻党的二十大精神的开局之年。一年之计在于春，开局之年催人跑。在这片充满生机的大地上，奋跃而上、跑出事业发展的“加速度”，正当其时。

得有时不我待的意识。3年多来，面对百年来全球发生的最严重的传染病大流行，面临需求收缩、供给冲击、预期转弱三重压力，我们战胜了前所未有的困难和挑战，走出一条高效统筹疫情防控和经济社会发展的辩证之道。当前，世界百年未有之大变局加速演进，世界之变、时代之变、历史之变正以前所未有的方式展开。我国发展面临新的战略机遇、新的战略任务、新的战略阶段、新的战略要求、新的战略环境。开局决定走向，起跑关乎全程，工作开展贵在开好局、起好步。时间不等人，历史不等人。方此之际，尤应快马加鞭抢抓时间窗口，以“等不起、慢不得”的心态去抢时间，以“人一之我十之，人十之我百之”的姿态去抢时间，敢于担当、善于作为，继续发扬脱贫攻坚时的那股子劲、那股子气。

得有务实高效的举措。奋进不能仅凭一腔热血，还要有扎扎实实的方案、举措和办法。开年以来，宏观政策靠前发力、持续加力，微观措施加快落地、精准有力，各地出实招、鼓实劲，着力优化营商环境，为经营主体纾困解难、激活潜能，中国经济发展涌动着勃勃生机。跑出“加速度”，需要能力作支撑。面对艰巨繁重的各项任务，面对千头万绪的各方面工作，深调研、察实情，拿出切实可行、务实管用的办法，真正解难题、提效率，方能推动经济运行整体好转。

得有聚力奋进的行动。道虽迩，不行不至；事虽小，不为不成。美好的蓝图不会自动实现，仰赖于苦干实干、踏实奋斗。尤其是碰到矛盾和困难时，决不能打退堂鼓、放不开手脚。春潮澎湃，万物生长，新起点上，起步即冲刺。新征程是充满光荣和梦想的远征，没有捷径，唯有实干。只争朝夕、不负时光，撸起袖子加油干，保持奋发有为的精神状态、真抓实干的工作作风，切实把推动高质量发展的要求贯彻到经济社会发展的全过程各领域，才能以实干实效交出高质量发展答卷。

蓝图恢宏，气吞山河；号角激越，催人奋进。跑出事业发展的“加速度”，体现责任和使命，彰显能力与担当。眺望前方，按下奋进的快进键，开足马力、奋勇争先，我们一定能创造新奇迹、成就新辉煌。

不断提高领导中国式现代化的能力

（原载《思想政治工作研究》
二〇二三年第五期）

中国式现代化是实现中华民族伟大复兴中国梦的康庄大道。然而，领导一场轰轰烈烈、波澜壮阔的中国式现代化，既没参考答案，又没现成答案，只有靠伟大的中国共产党领导伟大的中国人民上下求索、踔厉奋发。对各级领导干部而言，加强领导中国式现代化的能力建设，是一道崭新的课题，其中有“四种能力”尤其得用心答题、用力解题。

一是必须具备既能始终保持政治正确，又能不断守正创新的能力。中国式现代化是中国共产党领导的社会主义现代化，它姓“中”名“社”，这是本质特征，也是与西方现代化的根本区别。守正守的就是这个“正”，就是要始终保持政治上的清醒、自觉和坚定，任何时候任何情况下都不变向、不易帜、不改道，一以贯之、一如既往、一往无前。领导中国式现代化最根本的能力是政治能力，是把方向、举旗帜和保道路的能力。既要守正，又要勇于并善于克服路径依赖以及各种习惯性思维，提高不断创新与突破的能力。只有这样，各项事业才会大踏步地向前迈进。

二是必须具备既能把“蛋糕”做大，又能把“蛋糕”分好的能力。中国式现代化最繁重的任务仍然是高质量发展，同时回答发展起来以后怎么实现共同富裕。解决不了这个棘手问题，中国式现代化就成功不了，也算不了成功。做大“蛋糕”是一种发展的能力，发展是硬道理，发展的能力是最基础性的能力，这个能力不过硬、不过关，一切都无从谈起。然而，分好“蛋糕”是更艰难的能力考验，考的是如何分享、均衡和统筹，考的是公平、公正和公道。共同富裕是中国特色社会主义的本质要求，防止两极分化、阶层和利益固化难度更大，对能力提出了更高的要求。

三是必须具备既能经历“风平浪静”考验，又能经受“风高浪急”挑战的能力。中国式现代化要在长期和平的环境下进行，没有和平，这一伟大而壮丽的事业就会中断和迟滞。然而，长期的和平环境容易让人思想麻痹、斗志瓦解、思想懈怠，甚至“温水煮青蛙”。同时还要看到，当前和未来一个时期，世界之变、时代之变、历史之变以前所未有的方式展开，外部环境不稳定、不确定抑或会是一种常态，各种“黑天鹅”“灰犀牛”事件随时可能发生。所以，一方面是表面“风平浪静”的考验，另一方面是风高浪急甚至惊涛骇浪的挑战，面对矛盾、难题和挑战，没有几把刷子则必定会败下阵来。

四是必须具备既能规避“中等收入陷阱”，又能跨越“卡夫丁峡谷”的能力。世界上曾经出现过一些发展中国家在现代化进程中一度接近发达国家的门槛，却掉进了“中等收入陷阱”，结果长期陷入停滞，甚至出现严重倒退。教训惨痛，前车之鉴。中国作为最大的发展中国家，在迈向现代化的过程中，就是要有规避或跳出这个陷阱的能力，这不是轻轻松松可以做到的，而是要付出巨大的努力，接受巨大的挑战。中国式现代化是物质文明和精神文明都丰富的现代化，特别是要去解决包括信仰危机、精神贫乏、道德滑坡、物欲横流等问题，练就“两手抓”“两手硬”的真功夫。还要看到，中国道路是一条跨越“资本主义制度的卡夫丁峡谷”的社会主义道路，要想跨越成功，就得有迎接极大困难和挑战不期而遇的能力，有战胜极限施压的昂扬斗志和斗争本领，就是要“着力增强防风险、攻难关、迎挑战、抗打压能力”。只有不断增强既把握客观规律，又顺应潮流变化的能力，才能既安全规避陷阱，又能顺利实现跨越。

“概括提出并深入阐述中国式现代化理论，是党的二十大的一个重大理论创新，是科学社会主义的最新重大成果。”提高领导中国式现代化的能力是崭新的时代课题，伴随着实现中国式现代化的全过程，也伴随着领导干部能力建设的全过程。

多听『没有准备的汇报』

（原载《学习时报》

二〇二三年三月二十七日）

1952年10月28日，毛泽东出京视察途经徐州，刚下火车就提出听汇报。徐州市负责人表示，事先不知道毛主席要来，没做准备。毛泽东说，他就喜欢听没有准备的汇报。针对照本宣科式的汇报，他甚至明确表态：“谁要念稿子，我就打瞌睡，以示反对。”毛泽东喜欢听没有准备的汇报，耐人寻味，给人颇多启发。

听汇报，是上级机关和领导干部常见的一种领导方式和工作方法，也是开展调查研究的重要内容。听汇报，司空见惯、习以为常，但是听什么、怎么听，却颇有讲究。现实中，我们经常可以看到这样一种汇报场面：人人桌面上一沓打印工整、装订整齐的材料，然后汇报者逐字逐句照本宣科，而听者则煞有介事地看着稿子，例行公事地洗耳恭听，有时听得昏昏欲睡、云里雾里。这种简单的我念你听的汇报架势，人们似乎早已经见怪不怪、熟视无睹。然而，效果怎么样，不由得让人疑惑满腹，大大地打个问号。

汇报前先有个准备，当然是可以和可行的，它有利于打有准备之战，并且让汇报时话题更集中、更紧凑和更充分。但也有一些人往往会用力过猛或准备过度，变成了净说那些经过一再打磨的“正确的废话”，满口标准的“普通话”，没有个性，更没有棱角；有的还常常说那些虚与委蛇或顺竿爬的场面上的话，说些应景式的套话、空话、拜年话，没有信息量，更谈不上含金量；还有的尽说那些空洞无物、毫无用处的官话、假话、忽悠人的话……这样的汇报实质上已经沦为心照不宣的走形式，变得毫无意义了。听没有准备的汇报，会因为没准备而不刻意去雕琢、去粉饰、去加工，更原汁原味。这样的汇报更有内涵和质量，更显难能可贵。

多听没有准备的汇报，往往是一种考试，考平时的积累和储存，考临场发挥和反应能力，更考心态。没有准备的汇报，并非真的毫无准备，它是准备在“平时”而不是“临时”，是平时功课做得足、功夫下得深而不是临时抱佛脚、临门射一脚。这种考试往往是突然的、即兴的，有时抑或是随意的，但都是有指向、有目标的。这种考试往往考你平时是否做到心中有数、脑中有事、肚里有货、手里有牌，考你能否做到信手拈来、张口就来，所以它标准更高、要求更严。现实中，不乏有的人平时工作不用心，整天蜻蜓点水、轻飘飘，不调查研究、不思考问题，经常情况不明、毫无头绪，结果一问三不知、一考便露馅。多听没有准备的汇报，恰好是试金石，甚至是测谎仪，让汇报者水平高低、工作好坏一览无余、一目了然。

多听没有准备的汇报，说到底也是对会风、文风和领导作风、工作作风的有益改进。我们的实际生活、实践活动是生动的丰富的，我们的会风、文风也应该生动丰富起来，生硬、僵化、死板和呆滞不应该是汇报者固化了的一副面孔。汇报会从来不应该只是一种样子，要有套路但别掉进套子，多听没有准备的汇报就是摆脱“套子”限制的一种努力和尝试。让汇报会开成听真话、取真经、摸真情、求真知的会，开成解决问题、务求实效的会，让汇报者既有压力又有动力、既受激励又受鞭策。

多听没有准备的汇报，不容易做到，但既然有诸多好处，就应该下决心去做。只要下决心、用真心，有时甚至用“打瞌睡，以示反对”，或敲桌板，以示拒绝，就一定能够实现和做到，达到预期目的。

怎样搞好调研

（原载《学习时报》

二〇二三年四月七日）

调查研究是做好工作的法宝和钥匙，是谋事之基、成事之道。“我的经验历来如此，凡是忧愁没有办法的时候，就去调查研究，一经调查研究，办法就出来了，问题就解决了。”这是1961年3月毛泽东在广州中央工作会议上的一番感慨。而如今，我们依然深有感触，依然感同身受。那么，怎样才能搞好调研，或者说一次好调研该是怎样一种样子呢？

就是要能够听到真话。调研的最高境界是能够听到真话、实话、心里话。但是，要想听到真话，并不是一件简单容易的事，而难易与否，主要取决于调研者是否用心用力。有心无力不行，有力无心也不行，无心无力更不行。只有真心实意才能以心换心，只有“谈得来”才能“谈得开”。得学会与调研对象聊家常、“套近乎”，在共鸣中共振、在共识中共情。现在有的干部特别是年轻干部调研前不“备课”，不做充分的案头工作，心中无数、肚里无货，情况不明、知之甚少，结果下去调研，与不同群体的人找不到共同话题，或偶尔有话题却话不投机半句多，有的寒暄几句开个头便陷入无话可说的尴尬和困境，甚至不会聊天、不会拉家常，更不会“套近乎”、找不到心灵契合点。没有共鸣哪来的共振？没有共识哪来的共情？而没有共鸣、共振、共识和共情，要想听到真话就很困难。

就是要看到真相。事物最真实的样子或状态到底是什么？有时是看不清、看不明，或看不全、看不到的，有时难免会被一时一事所掩饰，被一景一物所遮挡，甚至被人为的某些假象所迷惑乃至蒙骗。能否清晰完整地看到真相，重要的在于调研的态度和方法。“扑下身子”才能“看清样子”。“端着架子”，只会“到此一游”，必定走马观花、蜻蜓点水。一深入，才具体；一具体，也就深入。学会透过现象看本质、透过一域观全局，联系地、深入地和全面地看事物，就能不畏浮云遮望眼，就不是“看热闹”而是“看门道”了。发现问题、看出病症，发现案例、看出病因，真相往往是给明眼人和明白人留着的。

就是要取到真经。调研是一个带着问题去找答案，又带着方案去找问题的过程。群众是最高明的老师，实践是最生动的课堂。要想取到真经、求到真知，最重要的是摒弃傲慢与偏见，真正拜群众为师，以谦虚好学的态度向基层干部群众学习。“三人行必有我师焉”，“三个臭皮匠，顶个诸葛亮”，只要深入基层、深入群众，便能学到解决问题的好办法，求到真知灼见，才能让一次短暂的经过成为一次难忘的经历。

就是要结下真情。到基层调研，不应该只是一个雨过地不湿的擦肩而过，不应该只停留在打声招呼、打个照面上。现实中，有的人总是有意无意地回避、躲避基层干部群众，总有一层隔板隔着，更谈不上跟他们推心置腹、交朋结友，偶尔挂在口头上的那句“以后有事找我”实际上成了一句虚以应付的空话，内心深处还是怕麻烦、怕惹事。说到底，这是不把基层干部群众当亲人、当自己人看，是一种不信任、缺乏感情的表现。基层干部群众把你当知心朋友了，有急难愁盼才会找到你，有委屈怨气才会联系你，这是莫大的信任和托付。领导干部要乐于与基层干部群众广交朋友，特别是多交几个能说心里话的基层朋友，倘若如此，则更便于让社情民意坐上“直通车”，让实践中的创新创造和新鲜经验更好地上案头、进文件、入政策。

调查研究只有下真功夫、动真感情、出真招实招，搞的是真调研、行的是调真研，才能让每一次调研之旅有质有量、不虚此行。

文稿写作『八忌八宜』

（原载《秘书工作》
二〇二三年第六期）

文稿写作有很多“门道”，这些“门道”就是其内在的特点和规律，就是其特有的方法和功能，了解并掌握这些特点和规律，熟悉并运用这些方法和功能，便能将文稿写得既有“颜值”又有内涵，既好看又好用，既有意义又有意思，让人“看得懂、记得住、用得上、传得开”，真正入眼、入脑、入神、入心。

忌形垮神散，宜形散神不散

文稿贵在有思想。提倡什么、反对什么，褒奖什么、鞭策什么，应立场鲜明、态度明朗，不可躲躲闪闪、模棱两可。中心思想突出、主题鲜明集中，是一篇好文稿的最基本要求。文稿写作切忌没有立场态度，缺乏思想观点。

文稿的思想从哪里来？从“研究事儿”上来。正如毛泽东同志在《反对党八股》中所讲的：“文章是客观事物的反映，而事物是曲折复杂的，必须反复研究，才能反映恰当；在这里粗心大意，就是不懂得做文章的起码知识。”也正如李瑞环同志在《学哲学用哲学》中谈道：“我们有些文章写得不好，不是词汇不够多、句子不够美，而是动机上、内容上、方法上有毛病，在鼓捣字儿上花的时间太多，在研究事儿上下的功夫太少。”

文稿写作，关键在立意，有了立意再像撒网捕鱼一样，撒得开，又收得拢，紧紧围绕主题思想，就“是什么、为什么、怎么办、谁来办”，像剥笋一样层层剥开，像拆套娃一样个个打开。好文稿看似信马由缰，但缰绳紧紧拽在手里；好像放风筝，绳子却牢牢抓在手中。“形散而神不散”，是文稿写作第一等重要的事情。

忌“歪瓜裂枣”，宜“眉清目秀”

文稿是写给人看的，需要模样周正。

眼要亮：题目就是眼，题目要打眼、吸睛、抓人。题好一半文，毛泽东同志说：“标题要吸引人看，这很重要”“标题必须有内容”。“标题党”不可取，好标题要有表现力、感染力、冲击力。

头要活：开头要鲜活生动，有代入感，引人入胜、扣人心弦。

发要顺：就是脉络清晰、条理清楚，文从字顺、文理通畅，像人的头发一样梳理得有条不紊、一丝不苟。

耳要搭：耳好比文章的段落层次，不应该长的特别长、短的特别短，得长短相当、左右相配。

口要清：不可把话含在嘴里，说一半留一半，成了“足将进而趑趄，口将言而嗫嚅”，吞吞吐吐、口齿不清。

好文稿应该“眼亮头活、发顺耳搭口清”，做到“眉清目秀”、清清爽爽，简洁明了、干净利落，长得一副“秀外慧中”的好样子。

忌故弄玄虚，宜深入浅出

有的人写文章喜欢拐弯抹角、绕来绕去，或啰里啰唆、絮絮叨叨，有时还喜欢用一些生僻的词语，故意写得让人很费解、看不懂，好像不这样不足以显示水平。我们为什么要写文章？可以说出很多理由，但最终目的是要给人看的，有的人偏偏就是要拧着来，辛辛苦苦写的文章就是不想让人看，结果也就让人看不下去。

大道至简，好文稿宜直截了当、简洁明快，有话则长、无话则短，言简意赅、意尽言止。深入浅出是通俗，浅入浅出是庸俗。好文稿是通俗的，不应该只能看不能念，念一遍下来，大家能听得一清二楚才是好文稿。换句话说，既自己没疑问，又经得起别人问，才是好文稿。

叶圣陶说：“写文章跟说话是一回事儿。用嘴说话叫作说话，用笔说话叫写文章。嘴里说的是一串包含着种种意思的声音，笔下写的是一串包含种种意思的文字。”写文稿得放下身段来说话，“怎么说的怎么写、怎么顺当怎么说”，实而不华，直抒胸臆。

忌无病呻吟，宜有的放矢

写文件、作报告、发表文章，都是为了解决问题。文稿写作不是为写而写，那叫无病呻吟。“文章合为时而著，歌诗合为事而作。”好文稿最大的特点就是有针对性，是有感而发、有话要说。

写文稿就是为了解决问题，包括思想认识上的、事业发展中的、学习生活上的等，针对某个已经暴露出来或出现苗头性倾向性问题，及时发表思想看法、意见建议，这是文稿写作的生命所在、力量所在和价值所在。

每次写文稿，就是要像在眼前竖着个靶，每句话、每个字都是射出的箭，就是瞄着问题去、奔着问题走，要将问题摆出来、列出来，把脉问诊、开方抓药。正如毛泽东同志所指出的那样：

“一篇文章或一篇演说，如果是重要的带指导性质的，总得要提出一个什么问题，接着加以分析，然后综合起来，指明问题的性质，给以解决的办法。”无病呻吟的文稿是无精打采、病恹恹的，有的放矢的文稿充满精气神，让人来神来劲。

忌空中楼阁，宜顶天立地

有的人写文稿习惯于站在空中挥舞，悬在半空不着地，虚头巴脑、虚无缥缈，给人感觉尽在那里空发议论，通篇下来空洞无物。

写文稿要有“顶天立地”的意识和胸襟、视角和视野。既有“站在天安门城楼上”看问题的气度，又有“站在乡间田埂上”处理事的务实。

“顶天”也叫“接天线”，就是时时刻刻头顶中央的路线、方针和政策，头顶上级指示、任务和要求，经常对对标、对对表，看看对没对上；“立地”也叫“接地气”，就是时时刻刻脚踏实地，经常看看是不是符合实际，是不是带土味、沾露珠、冒热气。

上接天线、下接地气，两头都吃准吃透了，都对头对路了，文稿就立起来了、站住了。

忌小题大做，宜大题小做

一件本来就不大的事，或者一个本身就不大的题目，却古往今来拉开架势、古今中外铺开摊子去写，结果落个泛泛而谈、又大又空。

小题宜小做，这样好驾驭。即便是大主题，也得学会小切口、微叙事。一具体就深入，要深入就得具体。好的文稿往往会用一个案例、一个故事、一次经历等去引出和解释深刻的道理。这样的文稿一般都能娓娓道来，引人入胜，这就是小切口、微叙事的好处。小题大做事倍功半，大题小做事半功倍。

忌文不对题，宜文题相符

写文稿切忌写了半天不入题，给人感觉“只闻楼梯响，不见人下来”。要“吹糠见米”，尽快扣题切题、解题答题，让人“一口咬到馅儿”。

一篇文稿必须讲究怎么“切入”、怎么“破题”、怎么“领起”。“领起”的话往往高度凝练，起到很好的过渡或起承转合作用。提炼、归纳和概括，常常是文稿出彩之处。文稿内容是对大小题目的具体阐述，就是要回答“是什么、为什么、怎么办”，不可以讲了半天没回答问题，甚至不知其所云，让人云里雾里、看不明白。

忌只破不立，宜有破有立

好的文稿往往议论风生，而能否议论风生就在于是否做到有破有立、能破能立、边破边立。毛泽东同志说：“不破不立。破，就是批判，就是革命。破，就要讲道理，讲道理就是立，破字当头，立也就在其中了。”他还风趣地说：“说理的首先一个方法，就是重重地给患病者一个刺激，向他们大喝一声，说：‘你有病呀！’使患者为之一惊，出一身汗，然后好好地叫他们治疗。”

文稿的针对性、生动性往往就体现在破与立的结合上。当然，相对来说，破易立难，说问题容易些，出对策、拿办法、开药方不容易些，也正如此，有破有立才更显功力。

最基本的东西最管用，最简易的东西最深刻。写文稿只有自己“想明白”了，才能“说清楚”；只有“说清楚”了，才能“写通透”“写到位”。

论「钉钉子」

（原载《前线》

二〇二三年第六期）

钉钉子，可以说是很多人都曾有过的一种生活经历。不过，很多人对怎样才能把钉子钉牢、钉实和钉紧并未做过深入而细致的思考，对类似钉钉子的事情也未有过触类旁通、举一反三的感悟。

仔细想想，钉钉子还是颇有讲究和门道的。钉钉子，说白了得想清楚、弄明白“往哪儿钉、用什么锤子钉和怎么钉”，看似简单，实则不简单。首先，钉钉子要考虑往哪儿钉，钉的时候得弄清楚哪里是钉不进去的墙砖，哪里是可以钉进去的墙体，倘若搞不清楚则容易钉不进去或钉得不牢固；其次，什么锤子钉什么钉子，锤子和钉子要大体相当，不可以用大锤子去钉小钉子，也不可以用小锤子去钉大钉子，倘若不匹配则很容易要么锤子可能打到手上，要么很难把钉子钉进去；再次，钉钉子开始时得轻轻敲几下，等基本钉牢了之后再由轻到重、由缓及快，一锤接着一锤钉，倘若第一锤就用重锤，或者企图一锤子到位，很可能会把钉子打歪了、打坏了。

钉钉子的这些道理和方法，同样可以运用到抓落实上。钉钉子的道理告诉我们，抓落实首先得解决“在哪儿用力”的问题。抓落实不能眉毛胡子一把抓，不可以撒胡椒面，得分清轻重缓急、主次大小，把心思和力气用在重点、难点、堵点上，把那些浮出水面的突出问题“捞干净”。任何事情、任何时候都要抓住主要矛盾和矛盾的主要方面，善于抓住“纲”，纲举才能目张。那些关系到全局、影响到长远、牵一发而动全身的急难险重事情，那些涉及群众切身利益的急难愁盼问题，那些矛盾突出、问题凸显的现场，就是“钉子”要重点“钉”的地方，来不得半点马虎和随意。

钉钉子的道理又告诉我们，抓落实得解决“用什么力”的问题。什么钉用什么锤，什么样的事情派什么样的干部。对于急难险重和急难愁盼的“大钉子”，对于矛盾集中、问题凸显的现场，就得把政治过硬、本领过人、廉洁过关的中坚骨干派上去，把那些敢于并善于钻矛盾窝、敢于并善于接烫手山芋的干部顶上去，把那些有干劲、有闯劲、善于打开局面或有潜质有潜力的年轻干部派上用场，让这些“大锤子”去钉“大钉子”，让“大锤子”发挥作用，经受锤炼。切不可让那些只是有想法却没办法、有学历却没经历、只会处理文件不会处理事件的“赵括式”干部去应付。轻飘飘的干部，只会误事害人。钉钉子讲究锤子与钉子的匹配，抓落实也讲究个恰当、适合，既不可以高射炮打蚊子——大材小用，又不可以搞大水漫灌，得精准管用。

钉钉子的道理还告诉我们，抓落实得解决“怎么用力”的问题。事情一件一件地办，钉子一下一下地敲。钉钉子不能贪快求急，不能只钉一两下就不钉了，而是要不停地钉，一下两下不行，就三下四下，再不行五下六下……直到钉牢钉稳钉实了才可作罢，这才叫钉到位。抓落实需要的就是这种锲而不舍、久久为功的精神，而且是先慢后快，不能操之过急、企望一蹴而就。很多工作是一个过程，有的事情还需要一定的周期，不能一时半会儿没见效就偃旗息鼓、马放南山，也不能把结果当效果，让抓落实在一片落实声中落空。

钉钉子有讲究，抓落实有学问。从钉钉子到抓落实，道理是相通的，“门道”是相近的，可以触类旁通，从中获得启发。

为什么强调极限思维

（原载《学习时报》
二〇二三年六月七日）

习近平总书记在主持召开二十届中央国家安全委员会第一次会议时指出：“要坚持底线思维和极限思维，准备经受风高浪急甚至惊涛骇浪的重大考验。”习近平总书记提出并强调坚持极限思维，发人深省、催人警醒。新时代新征程上各种可以预见和难以预见的风险挑战、各种可能出现和可能突变的矛盾和问题，凸显了树立和坚持极限思维、确立超前看待事物的方式方法的极端重要性。

众所周知，体育运动中有一些极限项目，专门挑战人类战胜自我的最大潜能，如跳崖、蹦极、攀岩、铁人三项等。人类生活中有很多类似的极限考验与挑战，需要人们在一次次挑战中寻求突破，在一次次突破中实现新的超越。这就需要培养、树立和坚持极限思维，确立起一种超前看待事物的角度、方式和方法。

极限思维，就是把所研究的问题或事物推至极限状态下进行思考的一种思维方法。说白了，就是在出现极端情况时，该怎么办、能怎么办？它既要考虑“力所能及”，又要考虑“力不能及”。所以，极限思维就是把所思考的问题及其条件进行假设，当假设被一步步地推到极端时，问题的实质便会凸现。在实际生活中，由于情况过于复杂，各种现象之间的变量受随机因素影响太大，使人无法厘清极为复杂的各种关系，在这种情况下，运用极限思维不失为一种选择和一条出路。

没有极限，就没有精彩；没有极限思维，就没有突破和超越。牛顿把开普勒的行星运动第三定律做了极限处理，才成就了万有引力定律；每一届奥运会，主题永远是更快、更高、更强，体现的就是不断追求突破的极限思维；每一次吉尼斯纪录的创造，也都是极限思维的再一次刷新；等等。树立和坚持极限思维，视野会比他人看得更远，行动会比他人更进一步。经常把自己逼到没有退路上去思考，逼到没有转圜余地中去设想，就会绝路逢生，找到出路、开辟新路。

当前改革发展稳定涉滩之险、爬坡之艰、闯关之难日益突出，各种“黑天鹅”“灰犀牛”事件随时可能发生，一些风高浪急甚至惊涛骇浪的重大考验或迎面而来，树立和坚持极限思维至关重要。面对极限施压日益加剧的外部环境，需要极限思维。有的国家视我国为“主要战略竞争对手”，肆无忌惮甚至没有底线地打压和围堵我们，如果没有极限思维，就很难下好“先手棋”、打好主动仗，就会陷入战略被动。面对干部队伍中各种麻痹松懈思想，需要极限思维。长期的和平环境和缺乏斗争历练，使得一些干部斗争意识不强、斗争意志不坚和斗争本领不高，一厢情愿地抱有“朴素而善良”的美好愿望，一味“温良恭俭让”，考虑“力所能及”多、“力不能及”少，改变这种状态，迫切需要树立和坚持极限思维。

树立和坚持极限思维，就是要有“最坏打算”。往最好处努力、做最坏处准备，是极限思维的本质要求和主要内容。事情的发展和演变，是不以我们的意志为转移的，甚至是不为我们的良好愿望所左右的。只有把事情想得更复杂些、更艰巨些，把问题和困难、风险和挑战估计到最糟糕的地步，把预案做得更超前周密、更精准科学些，行动才能更加从容不迫、积极主动。

树立和坚持极限思维，就是要有超强的抗压心理。极限状态下，拼的往往是意志和心理。紧要关头、危急时刻、重大考验、严峻挑战和巨大压力面前，坚强的意志、坚韧的精神比什么都重要。狭路相逢勇者胜，咬紧牙关、横下一条心，或许就能顶起来、扛下去、熬过去，就能顺利度过“黑障区”。

树立和坚持极限思维，就是要不断积累挑战极限的经验。战胜极限也要靠实战经验，经验从经历中来，不能让每一次经历成为一次经过，而是让经历成为财富，在历练中学习、总结和提高。极限思维是一种极限假设法。这种思维方式训练和运用多了，就会使我们赢得更多的机会，更好地从胜利走向新的胜利。

灯、草及其肚子

（原载人民网

二〇二三年七月十日）

“晚上看灯，白天看草，就是老百姓肚子没吃饱。”这是一句反映基层“怪相”的顺口溜。这里的“灯”说的是景观亮化工程，“草”说的是路边街边的面子工程、形象工程，而“肚子”则比喻的是民生工程了。对于这样的“怪象”，不少人或多或少地看到过、经历过，也无奈过、感叹过。

现实中，有时到一个地方调研考察，当地有些干部往往喜欢让你看那些“看得见、摸得着”的东西，或者喜欢把沿途房屋“穿衣戴帽”“涂脂抹粉”，等等。这似乎已经成了人们习以为常、见怪不怪的“套路”和“模板”了。

重“灯、草”轻“肚子”是一出假把戏。戏有真戏假戏，也有真演假演。重“灯、草”轻“肚子”既有假戏真做，又有真戏假做。“演戏”者热衷于搞轰轰烈烈的形式主义、做漂漂亮亮的表面文章，其目的就是给自己脸上贴金，以此来博众人眼球、向上级邀功讨赏。群众的眼睛是雪亮的，而且心里都有杆秤。多听听街头巷尾、茶余饭后群众的议论，特别是多听听群众的“切齿声”，漂亮“灯、草”的尾巴就会露出来、藏不住。重“灯、草”表面看似乎也在做事，但做的不是实事，也不是暖人心的好事，大多是虚事伪事，说到底是没做事。“灯”再亮、“草”再美，不如群众的“肚子”来得更重要。还是要多看那些关系到老百姓切身利益的民生工程办得怎样，看那些涉及老百姓急难愁盼的事办得怎样，这才是实实在在群众叫好的政绩。

重“灯、草”轻“肚子”是一种毛病。“假大空、虚浮飘”是一些干部身上的老毛病，一旦气候适宜、条件具备和欲望冲动，它就跑出来寻衅滋事。这么些年来，一些干部身上最大的毛病就是作风上的“假大空、虚浮飘”。从思想作风到工作作风，从领导作风到生活作风，特别是学风，理论脱离实际。面子工程、形象工程屡禁不止，其根源就在于干部的政绩观出了大毛病。于是那些半拉子的“烂尾楼”、今朝上马明日拆的“短命项目”等一哄而上。“假大空、虚浮飘”的毛病不彻底改掉，正确的政绩观就树不起、树不直、树不牢，重“灯、草”轻“肚子”的问题就一天也铲除不了。

重“灯、草”轻“肚子”是一个害人精。面子工程、形象工程与民生工程，孰轻孰重？这本来就是个再明白不过的问题，可有的人就是揣着明白装糊涂，不可为而为之，可为又不为之，结果直接延误甚至耽误了一个地方长期可持续的健康发展，伤害甚至毁灭了一个干部的健康成长，更深层次的是糟蹋了一个地方的风气，带坏了一个地方的干部，让一个地方和单位长时间缓不过来气、回不过神来。“灯、草”和“肚子”好比跷跷板，应该把板凳端端地坐到人民群众这边，把民生实事这些“肚子”里的事做实做细做到位，让“灯草工程”没市场，让民生工程真正建立在民心上，高质量发展才真正有了含金量。

“灯、草”与“肚子”是一种比喻，乍一看似乎风马牛不相及，其实背后反映的是有没有一个正确的政绩观，最后折射出来的是世界观、人生观、价值观的正确与否，当深思之、细掂之。

校对人生坐标的一次出发

（原载《思想政治工作研究》

二〇二三年第八期）

我大学是学中文的，一直做的是“作家梦”，从一开始就想成为一个写诗歌、散文或小说的作家，也做过无数次尝试，然而都铩羽而归。改变并校对我人生坐标的一次经历，是37年前与《思想政治工作研究》杂志的一次温情牵手。

大学毕业后我被分配在一所县级党校从事教学工作。党校强调党性锻炼是核心、马列主义是主课，于是我开始注意把兴趣和精力往政治理论的学习与研究上转，但这种转多半是被动的和不自觉的，是缺乏内生动力的，因此，转得很艰难、很肤浅，也很不稳定。出于教学与科研的需要，我每天都会翻看大量的报刊，以便从中获取信息和资料。一次偶然的机会，我翻看到《思想政治工作研究》，一看还是邓小平同志题写刊名的杂志，由于当时专门研究思想政治工作的全国性报刊比较少，所以有一种眼睛一亮、心头一热、精神一振的感觉，如获至宝、爱不释手。

不久，我尝试着写了《城镇个体劳动者思想政治工作初探》一文，鼓起勇气给这本杂志投了稿。投稿后，兴奋、忐忑、期待、紧张的心情就一直伴随着我，没想该文到很快在1986年第4期杂志上刊发。一个区区县级党校的小教员，竟然在如此“高大上”的全国性杂志上发表理论文章，而且是这所县级党校零的突破，当时掀起了不小的波澜，也给一个刚刚二十出头的后生莫大的激励、鼓舞和鞭策，甚至给我带来自我认知、价值追求和人生定位上的改变。记得那几天，我都是拿着杂志端详，反复细看，生怕这不是真的，更想从杂志的每个栏目、每篇文章里研究出个“子丑寅卯”来。

拙文有幸发表，给了我很大自信，更带给自己一些启示和改变。我体会到政治理论研究关键在兴趣。平心而论，拙文发表之前，自己对政治理论的学习和研究兴趣是不高的，总觉得政治理论高不可攀、深不可测而且枯燥乏味，对政治理论的学习与研究或多或少隔着一层，不同程度存在着无关论、无需论、无用论的思想。文章发表后，我的认知和态度发生了改变，开始关注、跟踪、收集相关政治理论的一些研究动态和前沿信息，也为自己后来从事理论研究和写作打下了基础。我又体会到政治理论研究贵在勇气。对于工作在基层，又是初出茅庐没有多少理论功底的人，能不能够、敢不敢于去研究重大理论问题，答案是肯定的，关键得拿出初生牛犊不怕虎的精神，敢于试、敢于闯，不畏理论高深而胆怯，不惧人微言轻而止步，这种勇气源自责任和使命，源自担当和情怀。我还体会到政治理论研究重要在触动。“文章合为时而著，歌诗合为事而作。”写文章就是要写自己熟悉的事物，做到有感而发。《城镇个体劳动工作者思想政治工作初探》是我的处女作，能够一投而中，得益于文章是以自己的父亲为研究对象，素材取之于他。父亲是个裁缝师傅，典型的手工业者，他的所思所虑、所想所盼我了如指掌，于是我把平时观察到的他的思想与心理活动放大到他所在的群体，把特殊性与普遍性统一起来，以点带面、以个体观照这一群体，也就形成了此文框架内容。文章发表后，字里行间似乎看到了父亲的身影。

从某种意义上说，《思想政治工作研究》是我的牵引者和助推器。正是当年她不论辈分身份、不讲门槛条件，只看文章质量好坏，成就了我的那篇习作，才开辟了我之后的写作之路，从此以后我把方向就定位在了政治理论的学习与研究上，把这种学习与研究作为我的生命之源、生存之道和生活之味。

至少成『半个哲学家』

（原载《新湘评论》
二〇二三年第十一期）

最近，听到一位知名学者对媒体感言：“我觉得人到了一定的年龄，比方说，你如果都超过50岁了，都60岁了，你还不是半个哲学家，你真的白活了。你应该有对人性的了解，因为你都走过一个甲子了，你还什么都不懂。你可以没有钱，但是你不可以不明白很多事。”此言寓意深刻又生动，颇具哲理，道尽人生感悟，不失为人生智慧。

哲学是什么？“半个哲学家”又是什么样子？哲学是观察、

分析和研究客观事物的基本方法，是世界观、人生观、价值观的基础基石，是使人聪明的学问。“半个哲学家”意味着能够辩证地看问题，可以透过现象看本质，能够更加全面而不是片面、发展而不是静止、联系而不是孤立地看待人与事。

然而，现实中不少人对哲学不感兴趣，对成为“哲学家”更是觉得遥不可及、高不可攀。他们中有的觉得哲学太虚、太抽象，用不上、没有用；有的认为哲学太过“高大上”，自己的工作、学习和生活跟哲学不沾边，离哲学太远；也有的觉得自己是从事实际工作的，没时间、没工夫，也没心思、没兴趣去琢磨哲学道理。诸如此类，其实都是一种认知错误。所谓“半个哲学家”当然只是一种比喻，并不是说真的去成为专门的哲学方面的专家学者，而是说应该具备哲学思想和哲学思维，具有哲学家的素养，学会并运用哲学原理去分析、研究和解决现实及人生问题。

“半个哲学家”，至少懂得用正确的立场、观点和方法去看待客观事物。什么是正确的立场、观点和方法？一言以蔽之，就是有一个正确的思想方法和思维方式，就是看问题用好唯物论和辩证法。哲学说到底就是解决这个问题，“半个哲学家”最需要具备的素养就在于此。现实中，为什么有的人总是会时不时地犯这样那样的低级错误？比如，有的人常常会用一种倾向掩盖另一种倾向，遇事容易走极端；有的动不动把“洗澡水”跟“孩子”一起倒掉，碰到问题因噎废食；有的喜欢搞一窝蜂，热衷于跟风起哄，习惯于简单化的工作方式；还有的常常被一些孤立的、静止的、片面和表面的现象所困惑迷惑，不知道用联系的、运动的和发展的观点看待事物；等等。说到底就在于哲学思维欠缺，哲学原理懂得太少，具体说就是思想方法和思维方式存在问题。思想方法和思维方式是看待事物、思考问题的根本方法。思想方法和思维方式一旦固化，或形成了一定的惯性，改变起来就不那么容易了。所以，要想成“半个哲学家”，就要具备正确的思想方法和思维方式，养成或具备哲学修养。

“半个哲学家”，至少明白“我是谁、从哪里来、往哪里去”。“我是谁、从哪里来、往哪里去”，是对人生本质、本来和本身的考问，由此衍生和派生出“我要什么、不要什么，追求什么、不追求什么”，而这些说到底折射出来的是人生的意义，反映出来的是人性的本质。人是社会关系的总和，在错综复杂的社会关系中，人要学会删繁就简，跳得出来思考人生与人性，这就需要哲学家思维。至少成“半个哲学家”，既不被浮云遮望眼，又不以成败论英雄，也不以一时一事计得失，哲学家思维会告诉你人生的真谛在哪里、人性的本质是什么，即便不能大彻大悟，半彻半悟也是一种成长。自己的人生，只能由自己来定义，这就是“半个哲学家”可以并且能够做到的。

争取至少成“半个哲学家”，才不至于白活这一回。只有至少成“半个哲学家”，才能真正把人生看透了、想通了、悟明了。这既是一种境界，也是一种自觉；既是一种清醒，也是一种理性。

学会『挡拆』

（原载《新湘评论》
二〇二三年第十三期）

打篮球的人都知道一种战术，叫“挡拆”。说的是篮球比赛中，进攻队员给持球队员做墙掩护，在相互掩护中创造接球投篮或二次进攻机会。挡拆的原理，就是通过人的运动和球的传接，为持球者或做墙者提供错位进攻的机会。挡拆说的是篮球，但其原理却同样适用其他工作场合和领域。

挡拆是一种意识，体现出来的是心无小我。挡拆说白了就是给持球队友“做人墙”，目的在于通过打掩护、打配合，为进球创造机会。做不到心无小我者是不愿也不会去“做人墙”“挡拆”的。现实中，有的人在功名面前习惯一马当先、在利益面前一味地当急先锋，觉得为他人“做人墙”“做嫁衣裳”是傻帽，不值得、不划算、太吃亏；有的人个人英雄主义时不时跑出来捣乱，从来就没想过为他人做垫脚石、铺路石，只想当“红花”、不愿做“绿叶”，只想当主角、不愿做配角；等等。倡导工作中学会“挡拆”，就是提倡甘当绿叶、甘当配角、甘当“备份”。中国航天事业的高质量发展，靠的是无数个“无名英雄”几十年默默深耕、忘我“托举”；焦裕禄正是“心中只有人民而唯独没有自己”，成了百姓心中不朽的丰碑。只要个人功名利禄少了，心中“小我”少了，“挡拆”就顺理成章了。

挡拆是一种战术，反映出来的是经验、能力和本事。现在球场上很多情况都是采用一对一防守，所以挡拆战术经常使用。这种战术的精髓更多的是在拆，也就是把对方的防守拆开、拆散。这些要求，考验的不仅是意识、意志和专注力，还有能力、智商和经验等。现实中，一些人缺的正是这样一种“拆”的本领和能力。面对错综复杂的矛盾和问题时一筹莫展，面对制度上的种种藩篱和顽瘴痼疾束手无策。矛盾和问题就是前行道路上的一个个对手，制度上的种种藩篱和顽瘴痼疾就是五花八门的防守，要善于在“拆”中寻找突破和改变的机会。矛盾无处不在，问题无时不有，但矛盾和问题绝不是铁板一块、无懈可击。当你把千丝万缕、千缠百结的矛盾和问题“拆”开来一个个具体分析时，“矛”就找到了克“盾”的思路和办法，就能在“拆”中找到破解之策、求解之方、化解之机。形势瞬息万变，机会转瞬即逝，只要有眼观六路、耳听八方的敏锐，有“拆”的能力，就能在进攻中争取机会、赢得主动。

挡拆是一种默契，折射出来的是全局观和团结协作精神。挡拆战术能不能运用好，关键靠默契。有默契的人，一个眼神、一个脸色和一个一闪而过的“小动作”，都能心领神会，一下子被捕捉住、感受到。默契靠平常训练“练”出来，更在于有没有全局观，有没有同志间的互帮互助。我们的队伍是一支全心全意为人民服务的革命队伍，为了一个共同的目标走到了一起，应该相互团结、相互支撑，做到你落下的我捡起，我忘记了的你提醒，这是事业所需、情感所致。没有大局观，没有团结协作精神，“挡拆”就是一句空话。

挡拆是篮球场上赢得机会、战胜对手的重要战术，工作和生活中人人学会“挡拆”，则可以帮助我们更好地克服困难、成就事业，更能形成一个齐心协力的战斗集体，把大家的积极性、主动性和创造性都激发与调动起来。

打一打『三种屁股』

（原载《学习时报》
二〇二三年七月二十四日）

最近调研，听到一种反映，说现在有些干部尤其是一些年轻干部，有的是大象屁股推不动，被动应付、消极作为；有的是猴子屁股坐不住，心浮气躁、急不可待；还有的是老虎屁股摸不得，骄娇二气太重；等等。这三种状态和现象值得警醒，更需要提个醒，敲打敲打。

打一打“大象屁股”，让他们走得快些，更加积极主动、担当作为。大象这个庞然大物习惯于慢悠悠地生活，挪动着笨拙的身子，不慌不忙、不紧不慢。现实中有的干部似乎也像大象一样，慢腾腾、晃悠悠，缺少朝气与活力，无所用心、暮气沉沉，有的更像算盘子一样拨一下动一下，“躺平”得厉害。人是要有一种精神的。当前各项事业处在逆水行舟、不进则退的关口，处在滚石上山的阶段，慢不得、等不了，如果没有一股拼搏进取、披荆斩棘的劲头，没有只争朝夕、时不我待的状态，时机就会错过，“窗口期”就会溜走。干部干部，“干”字当头，就是要有一种朝气蓬勃、奋发有为的状态，做到马不扬鞭自奋蹄；就是要有一种积极进取、奋勇争先的风貌，做革命事业的垦荒牛、拓荒牛。

打一打“猴子屁股”，让他们坐得稳些，更加从容淡定、保持耐心。俗话说，猴子屁股坐不住。猴子总是跳来跳去，慌慌张张、急急忙忙，坐不住，安静不下来。现实中有些干部也像猴子一样心浮气躁、急功近利。他们中有的整天盘算着自己的升迁之路，“两年没提拔，心里有想法”“三年没挪动，四处去活动”；有的干什么都急不可待，沉不住气，新提拔起来的总是按捺不住莫名的政绩冲动，新到一个地方的还没怎么摸清底数就喊着“大干快上”，或大会小会就提五花八门的口号，在那里做虚功、玩虚招、冒虚火；还有的更耐不住寂寞、挡不住诱惑、坐不住冷板凳，一味凑热闹、赶热门；等等。只争朝夕不是只看朝夕，争先恐后不是盲目赶路。有些事情不是一朝一夕、一蹴而就的，得有一个发展变化的过程。这就需要学会按客观规律办事，不做违背规律、超越规律、对抗规律的事，得掰清楚哪些事可为、可不为和不可为，善于抓住主要矛盾和矛盾的主要方面，一步一个脚印、扎扎实实地来；需要有定力，保持历史耐心，淡泊以明志，宁静以致远，让耐心成就过程之美、意志之美和成功之美。

打一打“老虎屁股”，让他们听得进些，更加习惯被批评、不舒服。老虎屁股是摸不得的，一摸肯定要跳。一段时间以来，有些领导干部特别是走得顺风顺水或春风得意的年轻干部，不能正确对待和把持自己，自我感觉好，骄傲自满，娇生惯养，像老虎屁股一样摸不得，一摸就生气，就闹意见、发脾气、耍情绪，心理脆弱，不能抗击打，只爱听表扬声、恭维话，习惯于生活在鲜花和掌声中，一旦听到不同的声音、反对的意见，特别是批评的声音，就立刻受不了，反弹得厉害，甚至发飙翻脸。毛泽东说：“不负责任，怕负责任，不许人讲话，老虎屁股摸不得，凡是采取这种态度的人，十个就有十个要失败。”对待批评得有正确的认知。如果说，善意而真诚的批评是一种美德，那么习惯于“被批评”则是一种品格。长时间听不到批评声会“飘昏醉”，听不到不同的声音是不幸的，听不到反对的意见更是可怕的，经常听到批评声才会如临深渊，如履薄冰。对待批评得有好的心态。人总是爱听赞扬声的，听到批评会不舒服是正常的，但良药苦口，要有闻过则喜的雅量，有红脸冒汗的肚量，有乐于“挨批评”的海量。

大象屁股、猴子屁股和老虎屁股都只是形象化的比喻，反映的是干部队伍中的某种真实现象，打一打、改一改，有利于干部健康成长，有利于形成干事创业的好导向，有利于事业顺利发展。

（《学习时报》刊发时标题为

《推不动、坐不住、摸不得这“三种状态”要不得》）

年轻干部要学会“聊家常”

（原载《学习时报》

二〇二三年八月二十一日）

经常听到一些年轻干部吐苦水，说自己有意跟普通百姓交流，而且也三天两头往百姓家里跑，但就是苦于聊不起天来，往往说不上几句话就“卡壳”，有时甚至双方都接不上话，净说些干巴巴、言不由衷或虚头巴脑的“客套话”“拜年话”，更别提“聊得嗨”了。这种尴尬和无奈暴露出一些年轻干部不太会与老百姓“聊家常”的短板与欠缺，值得引起注意。

“聊家常”就是聊那些让百姓“听得懂、感兴趣、很关切”的家长里短，聊那些能够引起百姓共鸣共振共情的话题。家长里短最具烟火气，充满生活气息，往往是百姓缺不了、少不得的“柴米油盐”，是百姓生活质量的风向标、晴雨表、测量仪，“聊家常”就是聊些对百姓有利有益且管用的事，聊些真话、实话、心里话。年轻干部会“聊家常”是践行正确政绩观的一大指标，也是群众工作能力的重要体现。

在乡村社区，能“进得了门、唠得了嗑、吃得了饭”的干部，才真正可以了解群众急难愁盼、感受群众所思所虑。柴米油盐映射百姓生活，家长里短折射百姓心理。就业、就学、就医等这些最关乎百姓切身利益的事，平常但不寻常，可以读出大量信息，多聊些这方面的情况，就知道了群众的状况；“聊家常”可以拉近彼此距离、增进思想感情。聊得起、聊得开家常事，意味着百姓把你当亲人、家人，当友人、知己，是一种莫大的信任，意味着大家卸下包袱、脱下面具、敞开心扉，“打开天窗说亮话”。从这个意义上说，学会“聊家常”就是学会与百姓交朋友，通过“聊家常”解疑释惑，把群众工作做到心里做到家。

“聊家常”看似简单，但要真正聊起来、聊得投机并不容易。

要想聊得投机，年轻干部首先得自己“肚里有货”。一肚子墨水比一肚子酒水好，知道的东西多了，才有话题和谈资，才好交流互动。试想一个什么也不懂、什么也不知道的人，拿什么去跟人聊啊？正如习近平总书记指出的：“说科技说不上，说文艺说不通，说工作说不来，说生活说不对路，说来说去就是那几句官话、老话、套话……”那当然就会话不投机半句多。这就要注重经常性学习，注重平时的积累，多向群众学习，拜群众为师，多向实践学习，把实践当作一所大学校，只有这样才会有谈资，才会在交流互动中不断创造话题。要想聊得投机，年轻干部还得“放下架子”。当年作家柳青创作《创业史》深入生活，就是把自己当成当地一个普通农民，穿个褂子，叼着根旱烟袋，钻进农民朋友堆里几乎分辨不出来，完完全全与农民群众打成一片。端着架子只会无话可说，放下架子才可以无话不说。要想聊得投机，年轻干部还得多说群众语言、讲些大白话。明朝赵南星《笑赞》中有则《秀才买柴》的故事。秀才问：“其价几何?”卖柴者报了价钱。秀才又说：“外实而内虚，烟多而焰少，请损之。”卖柴者云里雾里听不懂秀才的话，挑着柴便走了。年轻干部不要像这名秀才一样自说自话、自弹自唱，话语体系和话语风格不妨变一变，多一些接地气、冒热气、有烟火气的话，多一些沾露珠、带泥土味、有生活气息的话。说真话、实话、心里话，不要动辄哼哼哈哈打官腔、唱高调，甚至不说人话，只有带着感情去说话，才会说出带感情有温度的话。

“聊家常”，看似聊的是家长里短，实际上聊的是能力和水平，聊的是思想和感情，聊的是作风和品行，这里面大有学问、大可作为。

谨防『笑面官僚主义』

（原载《新华每日电讯》
二〇二三年八月十日）

如果说，“门难进、脸难看、话难说、事难办”是人们对以往那种“冷面官僚主义”形象的描述的话，那么，“门好进、脸好看、话好说，事却照样难办”则成了人们对当下“笑面官僚主义”的生动刻画。这种“笑面官僚主义”是只“笑面虎”，是个软钉子，尤其需要警觉，需要正视、反对和防范。

“笑面官僚主义”更有欺骗性，当识破并揭穿之。反对官僚主义是我们一贯的态度。党的十八大以来，在反“四风”、整治官僚主义和形式主义的高压态势下，官僚主义有很大的收敛，但现实中又开始改头换面，换上新的面孔，穿上新的“马甲”。有的说着低调的官腔、摆出亲民的官架，少了一些吹胡子瞪眼的官威，常常还表现出“说好话、好说话”的样子，但骨子里仍旧是“当官做老爷”的派头。“笑面官僚主义”有一副假象，具有蒙蔽性，善良的人们有时甚至把他们当成好人，对他们“事难办、不办事”等官僚主义言行宽容隐忍，以至于有时还自觉不自觉地替“笑面官僚主义”者说话开脱，这无形中导致“笑面官僚主义”者有恃无恐，更加我行我素、恣意妄为。谨防“笑面官僚主义”，就得首先识破它、揭穿它，还它真实面目，让它无处遁形。

“笑面官僚主义”更具危险性，当防范并慎对之。水浅不代表着没有危险，笑面不意味着心地善良。俗话说，笑里藏刀。“笑面官僚主义”表面看会说说好话，有时还装模作样办点简单易办或举手之劳的事，但往往是简单的事情复杂地办，可以马上办的事情拖着办，还会明里暗里设置一些貌似合理的障碍，让你挑不出毛病、找不到破绽。诸如，现实中类似证明“我妈是我妈”的怪事就是活生生的例子。“笑面官僚主义”说到底不是全心全意为人民服务，不是“人民至上”和以人民为中心，而是置党和人民的利益于不顾，把个人和小集团利益看得高于一切，它最终会导致制定政策措施或拍板做决策时屁股不是端端地坐在人民的一边，而是坐到人民的对立面上去。防范“笑面官僚主义”就是要把这种危险看清看透，尽早地规避，防患未然。

“笑面官僚主义”更具危害性，当铲除并歼灭之。官僚主义危害甚烈，破坏性很大。那么，什么是官僚主义？什么是形式主义？基层干部群众反映，领导干部不下来就是官僚主义，下来不办事、不解决问题就是形式主义。“笑面官僚主义”与“冷面官僚主义”是一对“孪生兄弟”，这对“兄弟”害人害己，而且更重要的是贻害事业、伤害百姓心。老百姓对说着低调的官腔、摆着亲民的官架的“笑面官僚主义”哭笑不得、无可奈何，只好敬而远之、敬而畏之。守江山守的是人民的心，倘若人民的心被“笑面官僚主义”给伤了寒了，再要挽回就很难了。“笑面官僚主义”还破坏政治生态，误导干部的认知和言行，让不少人错误地以为只要态度好，不办事也是行得通的。官僚主义是我们党的天敌，它对党的事业、对党的公信力、对党员干部形象，特别是对党群干群关系等都极具杀伤力，应当标本兼治、釜底抽薪。

“笑面”也好，“冷面”也罢，都是官僚主义的不同表现而已，都是我们要极力摒弃、反对和防范的。要在党内乃至全社会形成一种老鼠过街人人喊打的氛围，真正让“冷、笑”面官僚主义者都待不住、混不下、过不好。

『小油条』要不得

（原载《新华每日电讯》
二〇二三年八月二十八日）

过去听说过“老油条”，指的是有的地方和单位一些年龄偏大、工作年限偏长、所谓“世面”见得多的人，他们似乎对什么都不在乎，表现得八面玲珑、圆滑世故、见风使舵、左右逢源，或对自己身上的老毛病总是无所谓、不愿去改。这样的“老油条”常常让人感到很头痛，甚至束手无策。

眼下，又听说出现了所谓的“小油条”，这些人虽然年龄不大却世故老到，虽然工作时间不长却深谙职场潜规则。他们自认为“活得明白通透”，常常逃避困难、拈轻怕重，或拒绝担责、敷衍应付，不求上进但求“舒服”。他们中有的还奉行“事不关己高高挂起，事若关己必须一起”，很会规避风险、逃避责任；“容易的、有利的抢着干，麻烦的、无利的绕着走”；“求稳”在先，“干事”在后，很会自我保护、明哲保身；“热情礼貌，但一问三不知，尊重感谢，但一概不负责”；“分内的事拖着干、分外的事哄着干、加班加点的事则免谈”；对“烫手山芋”玩“太极”、踢“皮球”等，五花八门，不一而足。

“小油条”现象要不得，任其发展不得了。“小油条”不改、不治，必然会搞坏风气。“小油条”是一种“早衰”，如果让其坐大成势、形成气候，就会让坏人神气、好人受气，正派人吃苦又吃亏、不正派人得势又得利。年纪轻轻本应该似新鲜血液、如一泓清流，带来清新空气，却带上了负能量；本应该朝气蓬勃、昂扬向上，却油腔滑调、油嘴滑舌，沾染上一些痞气、匪气、江湖气等不良习气，这是一种悲哀，让人叹息。“小油条”实际上就是八面玲珑、左右逢源的“官油子”，它的存在，会误导一批人、带坏一些人，一些年轻人很容易从“小油条”“得势又得利，甚至得宠又得意"上被带乱节奏、带偏方向，搞得心烦意乱、是非错乱。"小油条"不改、不治，迟早会变成"老油条"。"小油条"自认为吸取了一些"过来人"的经验教训，自誉应该活得明白，于是会把一些不良习气和作派固化下来、延续下去，"小油条"渐渐也就变成了"老油条"。整治"小油条"是干部队伍作风建设的需要，是事业健康发展的需要，是树立正确用人导向的需要。

"小油条"不能因其小而被小视，不能因其早而掉以轻心。整治"小油条"，说到底还是一靠教育二靠制度。油条是油锅里炸出来的，干部队伍中的"小油条"是放任出来的。对"小油条"要早发现、早治疗，要严管厚爱，管在平常时，管在萌芽时，管在起步时。人们厌恶的"老油条"都是从"小油条"演变发展而来的，整治"小油条"不是小题大做，而是管在萌芽处，防在未然时。"小油条"的本质就是一种另类"躺平"，是不思进取、消极无为。人可以老成持重，但不可以老气横秋。老成持重是成熟，老气横秋是早熟。正反两方面的事实一再说明，"躺赢"不可能、"躺平"不可取，谁"躺平"谁出局，谁做"小油条"谁止步不前，并终将被边缘化。要从制度上铲除"小油条"发酵的土壤，防止“小油条”们得利又得势、得宠又得意，不让他们混得好，甚至如鱼得水、成香饽饽，让各种潜规则失效失灵不管用。

年轻干部处在成长期，属于扣好为官从政和人生第一粒扣子的年纪，从一开始就要走好走稳，朝气蓬勃、奋发有为，切不可“早衰”，沾染上不良习气，成为“小油条”。“小油条”不可有，“小油条”没市场，更没前途。

做人做事做官『十可十不可』

（原载微信公众号“新华每日电讯”

二〇二三年九月四日）

做人做事做官有许多泾渭分明的分界线，线的一边是可为的事情，线的另一边则是不可为的事情。可为而不为则一事无成，不可为而为则一地鸡毛。以下十个方面划出了分界线，给出了参考答案，供思之行之。

一是可以是草根，但不可以是草包。人的出身总会有贫富好坏之分，草根就是底层出身、贫寒出身。出身是身不由己的，不是自己可以选择得了的，是父母所给予的。你不可能说我不想出身在这个家庭，我想“含着金钥匙出来”，那是不现实的。面对现实，发奋学习、辛勤耕耘，用知识和行动改变命运的安排，可以是我们的选择。唯有奋斗，才是成功者的通行证。所以，草根不可怕，可怕的是甘于平庸，成为草包。草包是什么？就是稀里糊涂、行尸走肉，就是无所用心、一事无成。草根，只是让你别无选择地来到这个世界，而草包则是让自己白白地来这个世界走了一趟。草根不草包，才能突破阶层固化。

二是可以有过错，但不可以错过。古人云：“人非圣贤，孰能无过。”人出点差错，有个过失，在所难免。特别是年轻人，因为经验不足、经历不够，难免会犯这样那样的大大小小错误，所以“年轻人犯错，上帝都会原谅”。犯了错，认识到了、改了就好了，这也叫知错就改。当然，原则性、方向性和根本性的错误是不能犯的，犯了则无可挽回、不可救药。犯了错怎么办？下决心改。只要好好总结教训，痛改前非，就没事了。然而，如果错过则不一样了。俗话说：“机不可失，时不再来。”人的一生，好的机会有时只有一次，而且稍纵即逝。所以，机会来了，一要敏锐，二要珍惜。抓住机会的“窗口期”，让机会成为自己成长成功的垫脚石，成为自己发展进步的旋转门，这就叫不错过。过错可以有，也难免有；错过不可有，也不该有。

三是可以自嘲，但不可以自贬。人，有时不妨来点自嘲。自嘲就是拿自己开涮，自我调侃、自我解嘲，对自己幽默一把。自嘲是一种自信和胸襟，不是谁都可以随随便便开得起玩笑的，勇于自嘲的人往往内心很强大。自嘲也是一种能力和智慧，它既能巧妙地展示自我，又能策略地保护自我，可以有效地缓解气氛、化解尴尬、纾解压力，是调味品和润滑剂。自嘲可以，但自贬不可取。自贬就是往自己脸上抹黑，是丑化自己。可以拿自己开玩笑，但不可以拿自己不当回事，自贬就是不拿自己当回事，是自嘲的一种扭曲变形。一个连自己都瞧不起的人，也就别奢望被别人瞧得起。自嘲不自贬，好比脱掉了外衣但仍穿着内裤，轻松又不失尊严。

四是可以看透，但不可以看破。人之可贵处在于活成一个明白人，看透才算明白。这种看透就是放得下、看得开、想得通和忘得了，不纠结、不迷惘和不困惑。“不识庐山真面目，只缘身在此山中。”看透就是看清楚、看明白，“不畏浮云遮望眼”，这是难能可贵的一种清醒，不少人稀里糊涂犯错误或迷迷糊糊过一生就是因为没看清、没看透。然而，理性的看透是始终对未来抱有希望的，不是那种看破红尘的看透。看破就是对什么事都失去了信心，对什么人都缺乏信任，这是很可怕的一种绝望。看透是一种清醒，说到底是明白；看破是一种绝望，说到底是糊涂。

五是可以倒下，但不可以躺下。人生不会总是一帆风顺的，难免会有失败或低谷的时候，站久了、走累了倒下一次两次也没什么可怕的，倒下了，歇一歇再站起来就是了。但是，可怕的是有的人倒下了却不愿、不想也不会再重新站起来了，而是选择了躺下，也就是选择了“躺平”、放弃和无所作为，由失败变成了失望、绝望，失去了重新站起来的信心和勇气。在这个世界上，人只要能够做到两件事便是个强者和赢家，一件是从成功中走出来，另一件是在失败中站起来。从成功中走出来就是从掌声和鲜花中走出来，不陶醉、不飘飘然；在失败中站起来，就是不气馁、不沉沦，哪怕站起来的次数比倒下的次数多一次，你也是个强者和赢家。倒下难免，躺下难赢，倒下却能勇敢地重新站起来，重新整理好行装再出发，便是一个顶天立地的大写的人。

六是可以偷闲，但不可以偷懒。人再忙，也要学会忙里偷闲。“叠叠云山供四顾，簿书忙里偷闲去。”偷闲就是找个空当歇歇脚、喘口气，或看看书，或爬爬山，或悠哉悠哉，好比长途跋涉适时到服务区加加油、充充电，活动一下筋骨。偷闲要身段放下、身体放松、心情放飞，养精蓄锐再出发，焕发出新的精气神。偷闲偷闲，此“闲”用一个偷字，足以说明这闲的时间和空间是挤出来的。同样一个“偷”字，用来偷懒则判若两样。偷懒者整天好吃懒做，只知游手好闲，见困难更是躲着走，见矛盾绕着行，见任务来了溜肩耍滑……这些都是偷懒者的标配。奋斗是成功者的通行证，拼搏是有为者的身份证。“躺平”不可取，“躺赢”不可能，偷闲不偷懒才是成功者的价值取向。

七是可以无知，但不可以无耻。一个人知识水平高、知识面广、知道的事情多当然是一件好事，但总归是有局限的，总会有自己知识的短板、盲点和死角。对有些事情或事物不懂、不知道，这很正常，不足为奇，有时出现捉襟见肘的尴尬也不足为怪。在知识的海洋里，谁都有可能表现出无知，这没啥可怕，只要自己能像海绵吸水一样，坚持学习就可变无知为有知、变不懂为懂。

但是，人不可以不知羞耻、不顾廉耻，成无耻之徒。现实中，有的人道德底线失却，男盗女娼、寡廉鲜耻；有的人道德防线失守，丧尽天良、厚颜无耻；等等。特别是，有的人还不以耻为耻，反以耻为荣，在邪恶的路上越走越远。人可以无知，无知可以弥补；人不可以无耻，无耻无法救赎。

八是可以缺钱，但不可以缺德。天下熙熙，皆为利来；天下攘攘，皆为利往。人的很多行为都可归结到为利上来。常言道，有钱走遍天下，没钱寸步难行，一分钱有时也会难倒英雄汉。凭心而言，人不能没钱，但多少钱才叫有钱？对于绝大多数人来说，缺钱永远是一种常态，缺钱永远在路上。缺钱怎么办？有的人通过奋斗，劳动赚钱、合法赚钱。然而，也有的人偏偏走歪门邪道，行旁门左道，甚至不择手段，昧着良心赚黑钱、铤而走险洗黑钱，什么违法犯罪的事情都敢干，结果落个竹篮打水一场空。正反两方面的事实一再说明，缺钱不要命，缺德才要命；缺钱可以赚，缺德则连本带利打水漂。

九是可以结伴，但不可以结伙。一个人要想走得快往往独自行走，想走得远则需要结伴同行。人是需要结伴而行的，需要一些志同道合、志趣相投的伙伴同行同向、同心同德，互相搀扶、砥砺前行，互相理解、抱团取暖。那么，结伴靠什么？一靠共同理想，这是最根本的，所谓志同道合；二靠共同情感，这是关键的，所谓情投意合；三靠共同事业，这是基础的，所谓心往一处想、劲往一处使。然而，人可以抱团但不可以结团，可以结伴但不可以结伙，结团、结伙靠的是哥们义气，靠的是利益捆绑，结团、结伙就走形变样了，就有点江湖味了。这些年不少人出问题，就出在搞小圈子、小团伙上。人与人的关系还是要清清爽爽、干干净净、规规矩矩、明明白白为好，那样舒服且不累、清爽且轻松。结伴行稳致远，结伙半途散伙。

十是可以红脸，但不可以翻脸。红脸就是批评人，有时甚至就是放下脸来说重话、说狠话。敢于“唱黑脸”、敢于批评人是不容易的，这样做毕竟要得罪人，但只要既无私无畏又无欲无求，只要是出于公心、为人着想，而且自己行端身正、剑胆琴心，就可以且可行。在人与人的交往中，必要的红脸是必须的，也是应该的，一味地你好我好大家好，见不良习气装聋作哑，总是“说好话、好说话、不说话”，说到底是不负责任的表现，而且不但不是真正的对人好，反而是误人害人。但红脸也得把握好度，掌握好分寸，不要把气氛搞得很紧张，更别把人逼到墙角，懂得并学会理解人、尊重人、维护人，给人留出余地，这就需要讲究方式方法。打人不打脸，红脸不翻脸，则能既帮助人又不惹毛人。

以上“十可十不可”，好比拉了十条警戒线，线内是安全区、舒适区，线外是危险区、风险区。弄清楚、想明白了，让做人做事做官有所为、有所不为。

做人做事做官新“十可十不可”

（原载微信公众号“新华每日电讯”二〇二三年十月七日）

之前，写过一篇《做人做事做官“十可十不可”》，试着画了一些“警戒线”。写罢总感觉意犹未尽，不妨再做些延伸和拓展，以期把话说得更深入些，把意思表达得更精确完整到位些，于是有了下列新“十可十不可”，供大家参照并修正之。

一是可以师古，但不可以泥古。时代要进步、社会要发展，离不开向古代优秀传统文化的学习和借鉴，离不开对古代先哲思想的继承和发扬。然而这种传承是需要扬弃的，是批判性的，不是照抄照搬、囫囵吞枣式的，应当汲取其精华，剔除其糟粕。向前人学习，又不拘泥于前人的陈规陋习，不拘泥于前人的思维方式和方法，不因前人的一些做法而束缚自己。时代环境不同了，形势和任务都变了，过去的一些东西肯定会出现不适应、不符合的弊端，有的还明显滞后，对过去的东西既不可一棍子打死，又不可一股脑抄袭。师古不可以泥古、学古不可以复古，这是我们后人应该秉持的正确立场、方法和态度。师古是聪明之举，泥古是愚蠢之策；师古使人进步，泥古使人落后。

二是可以热闹，但不可以胡闹。遇有大事、好事、喜事和盛事，“敲锣打鼓”热闹庆贺一下，乃人之常情，无可厚非，而且有时热闹一下既应该，又必要。但一定要把握好度，注意好分寸，切不可头脑发热，一时冲昏了头脑，让热闹变成一场胡闹，让有意义的事变得毫无意思。热闹说到底只是一种形式和方式，应该有序、有样和有节奏地进行，但胡闹则让这种形式和方式扭曲变形，搞得失序、失范，变得不可收拾、丑态百出和一塌糊涂。热闹来气氛，胡闹煞风景。热闹而不胡闹的人则不出乱子、不胡乱来，受人尊重、得人欢喜，热闹而不胡闹展现出来的既是一种修养，又是一种品行。热闹而不胡闹一靠理智，二靠节制，做到了才不会出洋相、闹笑话。

三是可以随俗，但不可以媚俗。俗话说，入乡随俗。不同的环境、不同的人群和不同的文化，要想融入其中，得放下身段和架子，将就别太讲究。要学会善于同那里的风土人情打成一片，这既是一种作风，也是一种能力。要会“客随主便”，能够“聊家常”，随俗恰好能够打破隔阂，突破代沟和藩篱，与人产生共鸣、引起共振、赢得共情。随俗的人，懂人情世故，有亲和力，但随俗并不是要圆滑世故。媚俗则是一种典型的圆滑世故，它善于察言观色、见风使舵，一味地讨好卖乖、投机取巧，结果忘却自我、迷失自我。随俗“随”出一片新天地，媚俗“媚”出一个小自我。

四是可以放松，但不可以放纵。二胡不拉的时候，弦是应该让它松开些的，以免绷紧的时间长了弦会绷断。人也如此，工作时间久了或压力太大了，得适当适时地放松放松，加加油、充充电，歇歇脚、喘喘气，放松的方式就是把身段放下、心情放飞，放松的目的是更好地重整行装再出发。然而，放松不可以过，变成放纵。放纵常常言语放肆、行为放荡。放纵是要付出成本和代价的，总有一天，放纵者要为放纵买单。放松但不放纵，自然而大方、舒适而得体。

五是可以求名，但不可以盗名。人生在世两件事，一求名二图利，追求功名是人之常情，无可厚非。但君子求名，得取之有道。求名就是要靠真才实学，靠勤奋努力。在求取功名的羊肠小道上奔跑，既没有捷径抄小路，又不能投机钻营走邪道，就得老老实实、踏踏实实、扎扎实实。搞欺世盗名那一套，也许会得名于一时一事，但终归会败露，落个鸡飞蛋打的结局。求名而不盗名，才让人心安理得、心满意足。

六是可以做大，但不可以独大。把事业做大做强是每个干事创业者的终极追求。事业何以做大？一靠实力说话，没有实力干不了；二靠法治力量，没有法治干不好；三靠文化支撑，没有文化干不长。做大了之后怎么办？聪明者搞互通有无、共赢共享，乐于让他人搭顺风车，携手共进，这是一种格局和胸怀。但也有的偏偏爱吃独食，搞强垄断，“罢黜百家”，别人“水泼不进、针插不进”，不允许他人公平合理地竞争；有的搞强买强卖，甚至你死我活、唯我独尊，顺我者昌逆我者亡。“一花独放不是春，百花齐放春满园。”搞一人独大，动作就会走形变样，事实上搞你死我活最后谁都活不好、活不了，而且独大则会独断，独断则会独行。要深知一个道理：这个世界上没有什么是大而不倒的。做大而不独大，才可与人结伴而行，才可走得远、飞得高，才可行稳致远。

七是可以屈从，但不可以屈服。现实生活中，屈从而不屈服的案例还是屡见不鲜。诗人余秀华，对于命运安排给她的高中辍学、绑架婚姻、身体残疾等，别无选择，只能屈从，但她不屈服，而是奋勇抗争，以读书写作来对抗苟且，以思考写作寻求出路，活出了自己的精彩。屈从是无助无奈情形下的一种委屈，是委曲求全；然而不屈服则是一种抗争，是宁为玉碎，不为瓦全。韩信当初受胯下之辱，也是无奈状态下的屈从，但意志和信念从来没有屈服过。屈从的是身体，不屈服的永远是精神；屈从是一种策略和智慧，不屈服则是一种意志和信念。

八是可以豪气，但不可以江湖气。人总得豪放、豪迈一把，这样方显英雄本色。豪情是会感染人的，豪爽、豪放的人，往往容易交得了朋友，容易跟人打成一片，那些整天死气沉沉、蔫里巴几的人，是交不到朋友的。豪气的人，待人有热情，干事有激情，爽快、豁达、大方、干脆，没有那么小肚鸡肠，遇事不会斤斤计较。豪气的人往往讲义气，朋友碰到困难时敢于两肋插刀、挺身而出，有侠骨风范。然而，具豪气、讲义气者得想清楚弄明白，两肋插刀不是插人两刀，不可以胡乱来，搞江湖那一套。江湖气就是匪气、痞气，豪气一旦沾上了匪气、痞气，就变了味。

九是可以合群，但不可以合污。人是群居动物，不是生活在真空里，所以需要也应该合群。合群就是学会与不同的人群打交道，而且打成一片、融为一体。合群的人往往都是常看人长处、常容人短处、常帮人难处、常记人好处，相融性和包容性比较强。合群不仅需要物理反应，还需要化学反应，不然就是一种貌合神离。但合群是有原则的。朋友也好，同事也罢，可以打成一片，却不可以搞在一起，如果经常搞在一起，渐渐地性质就会发生变化。对于那些不三不四、不伦不类和歪东倒西的人，更要划清界限、保持距离，永远不要同流合污，永葆出淤泥而不染的高洁品质。

十是可以指点，但不可以指指点点。无论什么人，难免会碰到被人要求指点一下的时候或场合。指点人家不是一件轻松的事，不能随随便便不负责任，也不能漫不经心轻描淡写，更不能瞎说一通胡言乱语。要指点得精准到位需要经验和智慧，更需要有自知之明，做到指点而不指指点点。如果一个人上任伊始，或初来乍到，或下车落座便自以为是地指指点点，就是缺乏自知之明的表现。指点时有三大忌：一忌草堂前讲学，二忌班门前弄斧，三忌关公面前耍大刀。指点时得说三种话：一是有思考的话，二是有分寸的话，三是有选择的话。指点而不指指点点，才是做人的明智之举。

以上的新“十可十不可”，加上之前推送的“十可十不可”，可称之为上下姊妹篇。体现在做人做事做官经常处，贯穿于平常时，做没做好直接影响到做人做事做官的质量，也影响到行稳致远，经常拿来做镜子、当尺子，似乎好处多多、益处多多。

进步不是『自我设计』出来的

（原载《新华每日电讯》
二〇二三年九月十四日）

一段时间以来，有些干部特别是有些年轻干部热衷于搞“自我设计”的现象比较突出。

现实中，有人一味地设计自己的“当官路线图”，搞“缺什么补什么”或“要什么拿什么”——当强调学历时，就千方百计先“混”个文凭；当强调经历时，就主动要求下基层“镀金”，让履历看起来很美，一个不少、一样不缺，各种“包装”“设计”千方百计、五花八门。

还有人把自己的成长台阶、任职年限算计得精准到位，连什么时候当科长、处长，什么时候任局长、厅长等都设想好了，于是掰着指头算年头，快到点了就四处找关系。所谓“两年没提拔，心里有想法”“三年没挪动，四处去活动”，不耽误、不错过、不踩空，让每一步都无缝衔接、环环相扣等等，不一而足。

干部进步到底靠什么？怎样才能进步？应该选择什么样的路径和方式？是值得深思的问题。

什么是进步？职务提拔当然是进步，但思想和本领的提升是更重要和更持久的进步。要注重不断练好内功、提升修养，把世界观、人生观、价值观这个总开关拧紧，努力成为可堪大用、能担重任的栋梁，而不是“削尖脑袋谋位子”，一门心思搞“自我设计”。

进步不是靠“自我设计”出来的，而是靠实践干出来的。实践是大熔炉，也是大学校、大摇篮，离开了火热的社会实践，个人进步无从谈起。实践是跑马场，也是赛马场，干部行不行、能不能提拔使用，应该到实践中去摔打和识别，让实践来考察干部、让实干来使用干部。

进步不是靠“自我设计”出来的，而是靠组织培养出来的。从一个干部的成长、成熟到成功，从教育管理到委以重任，组织的培养无处不在、无时不有，离开了组织培养，个人能耐再大，即便干成了一两件事，也不可能持久，更干不成大事。组织的培养是长期的、潜移默化的，是干部行稳致远的正途。

进步不是靠“自我设计”出来的，而是靠群众认可出来的。不要错误地以为群众人微言轻，有道是：你只有把群众放在心上，群众才会把你放在台上。事实一再证明，群众不认可、口碑差的干部不是好干部，最终会掉队，被淘汰。

说到底，有些干部把个人进步锁定在“自我设计”上，折射着认知上出了问题、进步观出现扭曲。虽然现实中有少数干部因为善于“经营自己”、精于“自我设计”而“进步”，但这不是主流，更不应是导向。正确的导向是你想着工作、干好工作，让组织想着你、管着你，让“进步不该、不能也不必靠自我设计”成为普遍共识和价值追求。

自信而豪迈地『进入不可逆转的历史进程』

（原载《新华每日电讯》
二〇二三年十二月六日）

“中华民族迎来了从站起来、富起来到强起来的伟大飞跃，实现中华民族伟大复兴进入了不可逆转的历史进程！”习近平总书记多次自信而豪迈地作出的这一科学判断，具有重大而深远的意义，极大地振奋精神、鼓舞人心，让人热血沸腾、心潮澎湃。

实现中华民族伟大复兴，是中华儿女多少代人的夙愿和孜孜以求。国防部新闻发言人说过一段话，既是心声，又很提气。他说：“有实力，腰杆子才能硬分……从钢铁洪流到战鹰列列，从

‘两弹一星’到‘东风快递’，中国任人欺凌的日子已经一去不复返了。”进入新时代以来，中国已经越来越走近世界舞台的中央。然而，在跋涉前行的道路上，又难免会遇到各种各样的矛盾和问题，难免会碰到很多确定或不确定的风险和挑战，还难免会有一些杂音、噪音不断地干扰和“带节奏”，有的甚至变着花样来拖后腿，等等。这些都是迟滞、拖住乃至阻挡中国发展“历史进程”的因素。中国的发展是个奇迹，是“不可逆转的历史进程”，不管前行道路上有多大的困难、多少暗礁，不管外界的声音多么嘈杂、音量多么高，也不管他人怎么解读、怎么想、怎么说和怎么看，不可逆转已经是一种态势和局面。不可逆转，就是不可改变、不可动摇和不可阻挡，更不会倒退。之所以不可逆转，是因为它符合中国实际、符合客观规律、符合天道运行；之所以不可逆转，是因为它顺应时代潮流、顺应民心民意、顺应世界大势。中国发展的“历史进程不可逆转”是当今世界最现实、最真实和最可感的确定性。

我们的战略目标坚定不移，是不可逆转的。我们的战略目标就是到本世纪中叶全面建成富强民主文明和谐美丽的社会主义现代化强国，就是要让亿万中国人民过上好日子。我们早就丢掉了曾经有过的“超英赶美”的幼稚和可笑，也早就抛弃了“人有多大胆，地有多大产”的狂热和自我陶醉，我们要的是踏踏实实、安安稳稳、和和美美地过日子，这就是我们的目标。这样的目标宏伟而朴素、清晰而实在，既接地气又不失“高大上”，是“跳起来可摘的桃子”，可追可及、可感可触。正如毛泽东同志铿锵有力说的那样：“我们的目的一定要达到。我们的目的一定能够达到。”

我们的实现方式坚定不移，是不可逆转的。70多年发展道路的艰辛探索，我们已经对要走的路有了清醒的自我认知，我们就是要走中国式的而不是其他什么式的现代化道路，这条路没有答案可抄袭，没有模式可照搬，这条路就像穿在自己脚下的鞋子，合适不合适只有自己才知道。中国式现代化就是有中国气派、中国气质和中国气度，一句话：有中国自己的样子。这个样子是美丽而可爱的，是善良而端庄的，是有个性且有风骨的。

我们的发展节奏坚定不移，是不可逆转的。为了实现我们的目标，我们规划了“三步走”的策略；为了更高质量的发展，我们也在不断调整好行走的速度和姿态。我们现在需要的是踩着不变的步伐，任凭风浪起，稳坐钓鱼船，朝着既定的目标，一如既往、一以贯之、一抓到底和一往无前，既保持住历史耐心和从容不迫的定力，又保持住历史主动，顺势而为、乘势而上；既不畏浮云遮望眼，又只争朝夕逆水行舟，到那时“轻舟已过万重山”。

最近刚举办的“读懂中国”会议传递出很多信息，“中华民族伟大复兴进入了不可逆转的历史进程”是其中的重要信息，这是亿万中国人民长期奋斗和创造出来的胜利果实，也是长期斗争出来的结果。世界潮流浩浩荡荡，顺之者昌，逆之者亡。只要始终坚定信心，排除万难，就必定会争取到新的更大胜利。

善于把正确意见提炼出来

（原载《新华每日电讯》
二〇二四年二月五日）

前不久，习近平总书记在中共中央政治局专题民主生活会上指出：“要善于正确集中，把符合事物发展规律、符合广大人民群众根本利益的正确意见提炼出来，作出科学决策。”这番谆谆教诲语重心长、意味深长，具有很强的现实针对性。

善于把正确意见提炼出来，是事业发展的需要。我们的工作必须在不断解决问题中向前推进。问题从哪儿来？从各种各样的意见建议中来。对于反映上来或听取收集到的意见，一要善于分析和识别，二要善于提炼和归纳。

为什么提出并强调这个问题呢？因为现实中，面对各种意见，有两种态度值得注意：一种是不想、不愿和不敢听，有的人平时工作中就是不想、不愿和不敢听意见，特别是听批评或反对意见，本能地有一种抵触情绪，自觉不自觉地把各种意见屏蔽掉；一种是不善听意见，习惯于选择性地听，特别是分不清意见的正确与否，对正确的意见不善提炼归纳，对“打捞”到的意见眉毛胡子一把抓，不分轻重缓急，抓不住重点和要害，结果正确的意见往往得不到及时的反映、重视和对待，有时正确的意见甚至被淹没掉、荒废掉。

正确的意见是科学决策的重要依据和基本遵循，它对于推动工作、对于个人进步都是极有好处的。毛泽东曾指出：“只要是大事，就得集体讨论，认真地听取不同的意见，认真地对于复杂的情况和不同的意见加以分析。”这种对不同意见加以分析，就是要把正确的意见提炼出来，这些正确意见好比清醒剂，让你警醒，也好比导航仪，让你朝着正确的方向走。

那么，什么是正确的意见呢？说到底就是那些符合事物发展规律和符合广大人民群众根本利益的意见。凡是着眼于解决反复出现的问题，具有规律性认识和普遍性意义的立场、观点和态度；凡是站在广大人民群众立场上说话，为老百姓鼓与呼、呐与喊，与老百姓同呼吸、共命运、心连心的思想、看法和主张，都是正确的意见，都应该得到充分的理解、尊重和吸纳。

正确意见是需要领导机关和各级领导干部去提炼的。怎么去提炼？就是善于去伪存真、去粗取精、由表及里、去虚求实。纷繁复杂的各种各样的意见，总会有对错好坏之别，也有高低粗精之分，还有轻重缓急之界，这不但需要一双慧眼去发现和甄别，而且需要一颗真诚的心去换取和赢得；这不但是一种能力和方法，而且是一种作风和品格。

坚持实事求是的原则，是提炼正确意见最为宝贵的优良品质。多到基层一线去，多到基层干部群众中去，听真话、看真相、求真知、取真经，才能为做到实事求是创造有利条件，才能为提炼正确意见打下扎实基础。

问题是意见的源头，意见是问题的反映。意见提炼的目的全在于解决问题。把正确意见提炼出来的目的，就是在奔着问题去，在解决一个个问题上下功夫、见实效。唯有这样，提意见才有意义，把意见提炼出来才达到目的。

眼下，岁尾年头，伴随着各种各样的走访慰问、调研总结等，正是听取意见的好机会。真正扑下身子、放下架子，善于把正确的意见提炼出来，再分门别类，拿出解决的思路和办法来，就必定会调动起更多人的积极性、主动性和创造性。

『切实把好事办好、实事办实、难事办妥』

（原载《人民日报》
二〇二四年二月二十七日）

在中共中央政治局专题民主生活会上，习近平总书记指出：“把心系群众、情系百姓体现到履职尽责全过程各方面，着力保障和改善民生，及时回应人民群众合理诉求，切实把好事办好、实事办实、难事办妥。”

中国共产党就是给人民办事的，就是要让人民的生活一天天好起来，一年比一年过得好。“切实把好事办好、实事办实、难事办妥”，朴实的话语，昭示着深刻的道理：把老百姓关心的事一件件办好，是共产党人的共同心愿。要完成这个心愿，不仅靠党性、靠作风，还靠能力。

把好事办好，就要办到老百姓心坎上。什么是好事？怎样把好事办好？关键看能否让群众得实惠、增便利。一开始确定民生实事，就要到群众中去，进行全面深入的调查研究，多听一听群众意见，而不是在办公室里拍脑袋、想当然。要把好事办好，就必须讲究方式方法，善作善成。看准了就抓紧干，好事拖久了，群众的获得感也会降低；要尊重群众意愿，避免蛮干硬推导致好事变坏事；也要善于举一反三，通过“解剖一个问题”推动“解决一类问题”，在办好事的过程中不断完善制度机制。真正建立在民心基础上的民生工程，才有生命力和美誉度。

把实事办实，就要发扬钉钉子精神，锲而不舍、久久为功。从常年堆积的垃圾到供暖季暖气总是不太热，从社区里难找停车位到农村水渠内泥沙淤积……要找准这些群众关心的事，一锤一锤敲，一件一件解决，让老百姓感受到实实在在的变化。在处理一些问题时存在治标不治本的现象，往往是因为没有在“实”字上下足功夫。一旦碰到瓶颈就偃旗息鼓，甚至开“空头支票”，说一套，做一套，最终留下“半拉子工程”，损害的是群众利益。

把实事办实，才能取信于民。一切从实际出发，力戒形式主义、表面文章，多解决问题，群众脸上的笑容自然会更多。

把难事办妥，就要提高治理能力，善于集聚合力、攻坚克难。妥善处理和解决难事，既是一种担当作为，又是一种能力水平。一方面，针对群众的急难愁盼，不等不推不拖、马上就办，让大家感受到困难有人帮、难题有人解。另一方面，敢于钻"矛盾窝"、啃"硬骨头"，迎难而上、汇智聚力，当下能解决的马上解决，一时解决不了的，也要列出时间表、画出路线图。比如，为及时帮助群众解决办事过程中的"疑难杂症"，一些地方开设"办不成事"窗口服务并不断优化升级，实行特事特办、急事急办，力争让难办的事情办成，尽量让"办不成的事情"也办成。把老百姓的难事真正放在心上，事不避难、义不逃责，一抓到底，就一定能造福于民，赢得信任。

习近平总书记强调："我们的目标很宏伟，也很朴素，归根到底就是让老百姓过上更好的日子。"新征程上，以百姓心为心，切实把好事办好、实事办实、难事办妥，这是共产党人应有的使命担当。

让改革更加『味浓、成色足』

（原载《新华每日电讯》
二〇二四年三月一日）

“改革举措要有鲜明指向性，奔着解决最突出的问题去，改革味要浓、成色要足。”前不久召开的中央全面深化改革委员会第四次会议提出的要求，意味深长、指向明确，更需要落实到改革实践中去。

为什么这个时候强调改革要“味浓、成色足”？改革开放已经40多年，人们对用好改革开放这个“关键一招”的意义和作用的认知已经毋庸置疑了，然而现实中也有一些人不同程度地存在着改革疲劳症和倦怠感，不少人还有畏难情绪。有的人认为该改、能改和好改的都改得差不多了，可以歇歇脚、喘口气了；有的地方和单位改革则往往浅尝辄止，常常在走形式、过过场，搞点气氛、表表态上兜圈子；有的地方和单位当改革“改到自己头上”、关系到自己切身利益时则见风使舵、裹足不前，当改革触及深层次问题或涉及民生领域老大难问题时则畏手畏脚、绕道而行，“麻辣滚烫”不够等等，于是在改革上往往表现出避重就轻、避实就虚、避我就人、避大就小和避难就易，停留在隔靴搔痒、点到为止上，这样的改革当然味道不浓、含金量不高了。

改革味浓、成色足，就是要“奔着解决最突出的问题去”。波澜壮阔的改革实践深刻昭示我们，改革从一开始就是被问题倒逼的，之后的每一次深化都是拿问题开刀，向顽瘴痼疾开火，在一次次问题的突破中前行。改革味浓不浓、成色足不足，说到底就看最突出的问题解决得多不多、彻底不彻底，特别是那些深层次的突出问题是不是还一次次地在原地打转转。改革味浓、成色足，奔着解决最突出的问题去，让改革开启新征程。

改革味浓、成色足，就是要勇于向“深水区”“无人区”挺进。改革是“摸着石头过河”走过来的，体现的是一种探索精神。改革开放40多年过去了，面上的问题都“捞”得比较干净了，现在需要潜到“深水区”去、深入“无人区”去。只要是人民群众有诉求、有期盼的，就去努力实现它；只要人民群众有意见、有怨言的，就去革除它。这是改革“改什么、怎么改”最该有的基本立场、态度和方法。

改革味浓、成色足，就是要让勇于探索、敢于担当的干部得到大力使用。改革味浓、成色足，说白了要靠千千万万有使命、有责任、有情怀的干部去推动和实践。沧海横流方显英雄本色。新时代新征程需要更多这样的干部，需要极大地释放与调动他们的积极性、主动性和创造性。如此，正确而鲜明的用人导向是关键。要把那些愿改革、敢改革、善改革的干部不拘一格地用起来，把他们放到“啃硬骨头”的吃劲岗位上去，放到打大仗、打硬仗乃至打恶仗的重要节点上去，既能发挥作用，又能锤打锻炼，让更多真干实干苦干巧干的优秀干部不断涌现。

改革开放是当今时代发展的鲜明特征，是实现中华民族伟大复兴的强大动力。让改革的味道更浓些、成色更足些，是时代所呼、事业所需、人民所盼，也是改革推进与深化到一定阶段的必然逻辑和内在要求，应当成为共识、形成共振。

后记

时间仿佛有它的脾气，经常跟你较着劲、拧着来，有时你快它慢、你慢它又快。这两年，当我整个状态开始变得慢下来、静下来和放下来时，突然觉得时间过得很快，时不时感叹和吟唱起那首流行歌曲《时间都去哪儿了》。

“三十功名尘与土，八千里路云和月。”打从1983年大学毕业走上社会算起，恰好是四十年功名“尘与土”，几万万里路“云和月”了。我边走边看、边走边吟，且边走边思、边走边写。这一路，我用心用笔聚焦时政、针砭时弊、紧跟时代，尽心尽力与时代一道进步，与国家一起成长，与众人一块前行。这一路，我东奔西走、“南征北战”，追光而走、向阳而行，没有背景但有辛苦的背影，没有奇迹但有成长的轨迹，没有事故但有回味无穷的故事，没有权力但活出了自己的影响力。“踱方步”已然成了我人生舞台上的一种常态，成了我的一种爱好。我常常想起陈云同志那句语重心长的教诲：党内得有一批人是“踱方步”的。“头戴瓜皮帽，手拿水烟袋”，经常迈着四方步仰望星空，跳出来思考问题，这始终是我心向往之的一种状态。

近些年来，我形成了一种惯例，把一段时间以来写的时评言论装订成册，于是有了之前的《方步集》《方步谭》《方步行》《方步云》，如今又添《方步吟》，组成了一个系列。《方步吟》收录了自2021年6月以来的60篇文章。

我喜欢吟唱，吟唱这个伟大而灿烂的时代，吟唱勤劳而善良的人民，吟唱令人期待向往的美好生活。2024年是龙年，该是“龙吟虎啸”的。吟，乃用高低快慢的音调有节奏地诵读，踱方步正是浅吟低唱时。于是，取书名《方步吟》。

我深知，与文字相处是一种缘分，与文字相伴是一种福分。最初与文字结缘更多是兴趣爱好、以文谋生和以文会友，后来则期待以文辅政、以文载道，有了更高的责任、使命和情怀。在人生的舞台上，我终将一如既往、一以贯之、一往情深且一往无前地“踱”着方步，“登上屋顶”，走到高处，去洞察事物的来龙去脉、前因后果。感谢中国书法家协会原副主席言恭达先生赐题书名，备感荣幸，蓬毕生辉。感谢妻女，以及每一位真诚的亲朋好友，每当我力不从心或逆水行舟时，你们总是搭把手，让我又精神焕发、砥砺前行。

甲辰年于北京方步阁